COLLECTION FOLIO

Remo Forlani

Violette, je t'aime

Julliard

© *Julliard et La Table Ronde, 1975.*

Remo Forlani est né italien à Paris en 1927. A douze ans, nanti de son certificat d'études primaires, il a exercé une foule de petits métiers et a fini par écrire pour le cinéma et la radio. Scénariste, dialoguiste, réalisateur, animateur d'émissions T.V., il est devenu journaliste en 1971.

Depuis 1968, il a écrit (et fait jouer) huit pièces de théâtre *(Guerre et paix au café Sneffle, Un roi qu'a des malheurs, Grand-père...)*, six romans *(Au bonheur des chiens, Pour l'amour de Finette...)* et des essais dont *Les gros mots* (Grand Prix de l'Académie de l'humour 1973).

Nous aurons une maison avec de la tarte aux fraises !
Je veux vivre un peu avant de mourir !

Woody Guthrie
(Sharecropper Song)

1

Ce quartier n'est pas mon quartier.
Mais tout est bien.
Comme je sors de chez Violette, M. Caribu m'interpelle. Je sais que son nom c'est Caribu, parce que c'est écrit en lettres d'émail sur la porte de son magasin. CARIBU MARCHAND DE MEUBLES. Il ne vend pas que des meubles. C'est chez lui que Cranach a acheté son saxophone et Stéphanie le vieux réfrigérateur dans lequel elle range ses boutons. Elle trouve que ça fait plus net qu'un buffet.

M. Caribu est tout à fait chauve et il a un sourire engageant parce que toutes ses dents sont en or. Il me dit que les machines à écrire sont arrivées. Les? Je lui fais remarquer que je ne suis même pas sûr d'en vouloir une. M. Caribu m'explique qu'il est tombé sur un lot particulièrement intéressant et que je ne suis pas du tout obligé d'acheter. Il y a sept machines déglinguées. Sur le moment, j'ai l'impression que je vais avoir le coup de foudre pour une Remington tout à fait semblable à celle sur laquelle ma mère tapait ces amusantes lettres anonymes qui ont fini par lui causer tant d'ennuis. Je la regarde dans tous les sens, cette machine haute sur pattes. Je tape sur quelques touches au hasard. Je fais tinter la sonnette. Elle sonne haut et clair. Mais je n'ai pas le coup de foudre.

M. Caribu se fait une raison : ça sera pour une autre fois. Je lui propose une cigarette. Il ne fume pas. Je lui promets de faire de la réclame pour ses machines. Il m'en remercie vivement.

Je suis convaincu que le Christ n'aurait jamais chassé M. Caribu du Temple. Je les vois même très bien — le Christ et Caribu — assis l'un à côté de l'autre sur des chaises d'occasion, occupés à ne pas fumer et à ne se rien dire. Simplement assis l'un à côté de l'autre.

Je suis convaincu que, dès que j'aurai eu le coup de foudre pour une machine, je pourrai enfin me mettre à écrire. Un livre pas forcément copieux mais débordant d'amour.

Ce livre, j'y pense énormément.

Cranach et Stéphanie disent que je ne l'écrirai jamais, que je suis trop vieux, trop paresseux et trop bavard pour avoir le courage de m'asseoir dans un coin le temps de faire un livre même très mince.

Violette, elle, n'a pas d'opinion.

Elle ne s'intéresse pas à la littérature, en fait. Elle dit que la télévision lui suffit. En plus, elle croit dur comme fer que les auteurs, même géniaux, ceux qui font des chefs-d'œuvre, ne sont jamais poussés que par l'appât du gain. Elle est persuadée que Balzac et Victor Hugo, qui ont noirci tant de feuilles, étaient des êtres d'une avidité redoutable, alors qu'un Rimbaud ou un Villon, qui n'ont bricolé qu'un modeste livre de poche chacun, étaient des garçons très raisonnables.

Un soir, j'ai essayé de faire comprendre à Violette que Victor Hugo avait pris le temps de devenir un vieillard alors que Rimbaud... Violette a fait semblant de s'intéresser à ce que je lui disais pendant un long moment, puis, brusquement, elle m'a interrompu pour me dire qu'elle allait arroser ses plantes qui avaient sûrement soif. Surtout son saule pleureur, qui a toujours soif même quand il a plu toute la journée.

Les seuls livres que Violette consent à ouvrir sont ceux où elle espère trouver des conseils pratiques, des renseignements qui l'aideront à mieux soigner ses fleurs, ses petits arbres ou ses chats.

Les livres de cuisine l'intéressent aussi.

Si je veux qu'elle lise mon livre, il faudra que j'y glisse quelques recettes. J'en demanderai à cette vieille cousine que j'ai du côté de la place d'Aligre. Elle en connaît sûrement que Violette ne connaît pas.

J'ai bien fait de ne pas avoir eu le coup de foudre pour une machine. Violette est enceinte et il va falloir de l'argent. Peut-être beaucoup.

— A moins, bien sûr, que tu veuilles garder le bébé.

— Ça te ferait plaisir ?

— J'ai dit : le garder *toi*. Si tu es intéressé, je te le ferai très bien, très beau. Je cesserai de boire, de fumer, je ferai des siestes, je serai une future maman parfaite. Je penserai toute la journée à ton nez qui est si droit pour qu'il ait lui aussi un nez très droit. Je veux bien même le nourrir tant qu'il ne sera pas assez malin pour se débrouiller tout seul avec des boîtes de lait. Et après, tu l'emmèneras. Ça sera ton bébé à toi.

— Je n'ai pas besoin d'un bébé, Violette.

— Alors, il faut trouver une solution.

— Je vais demander à Stéphanie.

— Demande à qui tu voudras. Mais Stéphanie me semble une bonne idée.

Stéphanie est la voisine du dessus de Violette. Au-dessus encore, il y a Cranach, un artiste peintre très mélancolique.

Les autres gens de l'immeuble, Violette leur dit seulement bonjour, bonsoir, comment allez-vous. Stéphanie et Cranach sont ses amis.

Stéphanie doit avoir mon âge. Elle porte de longues robes de bohémienne. Elle dit que ses grands-parents étaient de Dublin. Ce qui l'autorise à boire ses sept ou huit cafés irlandais par jour et la maintient en permanence dans un état proche de la béatitude.

Son job, c'est de confectionner des sortes de tableaux, avec des boutons, des perles et des agrafes qu'elle coud sur des toiles. Surtout des portraits. Son Roi de Rome a été reproduit dans plusieurs magazines et le patron d'une galerie de Berlin lui commande régulièrement des Négresses en boutons de soutanes.

On peut sonner un coup sec et pousser la porte d'entrée de Stéphanie sans attendre le classique « entrez », à n'importe quelle heure du jour ou de la nuit. Stéphanie est toujours prête à bavarder un brin, que ce soit avec un amateur de boutonnades ou avec la fille qui vient lui offrir le Salut Eternel version Témoins de Jéhovah.

Ça la fait sourire de savoir Violette enceinte.

— Alors on va aller à la noce, on va faire un gros, gros repas.

— Je suis marié, Stéphanie.

— Violette peut épouser quelqu'un d'autre. Une belle poule comme elle. Il faudra bien que le petit ait un père, non ?

— Violette n'en veut pas.

— Et naturellement, on compte sur Stéphanie !

— Il nous faudrait une adresse.

— J'en ai des douzaines. Mais pas fatalement fameuses. Et si c'est pour Violette... Ce qu'il faudrait, c'est le docteur Nageoire.

— Nageoire ?

— Oui. Une dame. Elle doit bien avoir dans les cent ans à l'heure qu'il est. Mais c'était la meilleure. Elle pratiquait déjà au temps de ma mère. Une mystique de l'empêchage de bébés. Elle trouvait déjà la terre trop peuplée bien avant que les Pieds Noirs débarquent à Paris. Ce n'est pas compliqué : c'est parce qu'elle a pris trois mois de vacances en mil neuf cent trente que je suis là en train de te faire la causette.

2

C'est pour demain matin.

Stéphanie nous prêtera sa Citroën déglinguée pour aller à Clamart et en revenir. Depuis la pré-enfance de Stéphanie, le docteur Nageoire a fait du chemin. Elle est allée de Vaugirard à Clamart où elle a sa clinique avec une standardiste qui vous comprend à demi-mot. Les tarifs du docteur Nageoire sont d'une si grande modestie que j'aurais pu acheter la machine à écrire si elle m'avait plu.

Nous avons rendez-vous à dix heures.

Je transformerais facilement cette soirée en veillée d'armes mais Violette s'y refuse. Elle ne veut pas parler de ça. Ni de quoi que ce soit qui lui fasse penser que demain elle va avorter.

Ma première histoire d'avortement remonte à des siècles.

La fille s'appelait Léone. Une brune aux seins lourds. Mon premier amour si l'on compte pour rien une institutrice de l'école Saint-Raphaël, rue Hector-Malot, et des fillettes qui n'attisèrent jamais en moi que des désirs purement animaux. Comme tous les gamins, j'étais un pourceau hypocrite. A l'époque de Léone, je travaillais dans des restaurants. Une semaine plongeur, une semaine à la salle, un jour caviste. C'était au temps des Allemands, et je ne pensais qu'à une chose : manger.

Le père de Léone était auvergnat et laid comme une tombe. Son restaurant, *AU BON COIN*, était au coin de deux rues qu'un building a effacées. Il maquillait avec de la purée de févettes de très belles côtelettes de porc qu'il faisait payer dix fois leur prix à des gastronomes contents que le Maréchal ait déboulonné Blum.

Léone avait des ambitions. Elle aurait voulu devenir chanteuse, modiste, ou quelque chose comme ça. Son père la forçait à servir les goulafres qui venaient dévorer chez lui en un repas la ration hebdomadaire d'un vieillard.

Je passais des heures à la cave à partager des saucissons fabuleusement gras avec un chat bête qui croyait se nommer Victor.

Léone aussi avait l'âge où l'on dévore. Victor (en réalité Mimi) nous regardait, tout en se calant les joues avec une couenne, faire maladroitement l'amour sur un lit de vieux sacs.

Léone aurait aimé que j'aie l'inconséquence des héros, que je m'en aille un beau matin, à pied, coiffé d'un béret et rasant les murs, en direction de l'Angleterre ou d'un maquis. Je revois très bien la cave et le chat. Impossible de me souvenir du visage de Léone. Elle a été enceinte très vite et il a fallu mettre une plongeuse sournoise dans la confidence et vendre un plein triporteur de jambons et de pots de confiture volés, et donner tout l'argent à une vieille femme de la rue Berthe. Elle avait promis de soigner Léone « comme sa propre fille » et elle le fit. Seul point noir : elle voulut à tout prix me faire constater que c'était un garçon.

— A quoi tu penses ?
— A rien... A toi, Violette.
— Tu sais que c'est toi qui vas faire le dîner ?
— Si tu veux.
— Tu vas faire le dîner. Moi, je vais m'asseoir dans le fauteuil et attendre un très bon dîner.
— Je t'allume la télé ?
— Non.

J'ai envie de l'embrasser, de lui dire que je l'aime. Le meilleur moyen de lui faire comprendre que j'ai des craintes au sujet de la petite intervention, non ?

Je ne l'embrasse pas, je ne dis rien.

Deux ou trois chats s'installent aussi confortablement que possible pour me voir faire. Ce n'est pas la faim qui les pousse, c'est l'intérêt. Voir ouvrir une boîte de haricots princesse, voir écheniller une salade, voir blondir des oignons, les passionne. Surtout ce gros, gris et légèrement borgne, qui est, à ce que j'ai compris, une chatte et qui, comme Violette, répond au nom de Violette. C'est le seul des chats qui vont et viennent dans le logis de Violette qui ait un nom. Pour appeler les autres, tous les autres — et Dieu sait qu'il y en a — on crie : « Les chats ! » Et ils arrivent.

Les chats sont visiblement très satisfaits de ma façon de brouiller les œufs. Violette, la presque borgne, y va même d'un ronron. Une pluie de gruyère râpé — dont quelques brins échouent sur son crâne bien rond — la récompense. Rush de toute la troupe. Je dégage la table à coups de louche.

Quand je sors sur le palier pour secouer la salade, Cranach surgit, un pain de quatre livres sous le bras.

— Fais attention, bon sang ! Mes chaussures de daim !

Elles sont neuves, ses chaussures, et d'un bleu agressif.

— Céleste, fils. Bleu céleste. Cent soixante francs parce qu'en solde. Et bleu céleste. J'en rêvais depuis tout petit. Pourquoi tu n'achètes pas une de ces machines qu'ils font maintenant, en plastique ? Tu mets ta salade dedans, tu tournes une manivelle...

— J'aime secouer la salade, Cranach.

— Et arroser mes chaussures !

— Si tu ne restais pas là.

— C'est vrai que Violette va...

— Va quoi ?

— Stéphanie m'a dit que...

— Nous y allons demain.

— Elle a peur ?

— Je ne crois pas. Elle ne veut pas en parler. Elle m'a simplement dit de ne pas oublier de mettre le réveil à 8 heures. C'est tout.

— Dans un mois ou deux, la loi sera votée. On

pourra faire ça où on voudra et comme on voudra.

— Nous, c'est pour demain.
— Il faut qu'elle soit à jeun.
— Oui. A jeun. Elle boira juste une tasse de thé. Sans tartines.

Cranach se penche. Il a reçu une petite goutte d'eau sur l'extrême bout de sa chaussure droite.

— Il va falloir que j'achète un produit pour les imperméabiliser.

Il monte l'escalier, lentement. Avant de disparaître, il se penche avec ce pain qui va bien lui faire quinze repas.

— Tu dis à Violette que je l'embrasse bien fort.
— C'est ça. Bonsoir.

Il vit tout seul, Cranach. Je n'ai jamais vu ses tableaux ni son atelier. Il paraît que sa peinture se vend pas mal du tout. Je me demande à quoi elle peut bien ressembler. Je l'ai vu passer plusieurs fois avec des toiles enveloppées dans de grands chiffons. Il ne s'appelle pas Cranach. Il a un nom encore beaucoup plus étranger que ça. C'est Stéphanie qui dit Cranach quand elle parle de lui. A mon idée, il doit peindre des paysages d'hiver avec tous les détails, des paysages peuplés d'hommes et de femmes au regard triste. Je le vois très bien peignant des larmes plus petites que nature, en trompe l'œil. Oui, c'est comme ça que je vois Cranach : perché sur un haut tabouret, devant une toile sur laquelle il vient de peindre des gens pas plus grands que mon pouce et pleurant. Et Cranach pleure lui aussi. Il verse des larmes sur le triste sort d'un peintre assez triste pour peindre des tableaux aussi tristes.

Des peintres, j'en ai connu plusieurs. D'abord, cet ami de mes parents qui signait ses toiles Chrétien. « Chrétien comme minuit », disait-il en souriant avec sa gentille bouche d'enfant qui disparaissait, quand il ne souriait pas, dans la broussaille rosâtre d'une moustache et d'une barbiche de rapin. Rapin mais père de cinq enfants. M. Chrétien ne peignait des scènes de la Bible en costumes modernes que pendant ses heures de loisir. Il était caissier au cinéma Lyon-Pathé. A la maison, rue Traversière, nous avions deux œuvres de Chrétien. *Les Noces de Cana*, Cana étant un zouave et son épouse une réplique très réussie de Joséphine Baker, et *le Sermon sur la montagne*, vaste toile peuplée d'une ribambelle de skieurs, le nez pointé en direction du téléphérique d'où Jésus, coiffé d'un bonnet de laine à pompon, leur parlait par la fenêtre. Après, j'ai connu un peintre abstrait. Puis Picasso qui salopait les nappes en papier d'un petit restaurant proche des quais où j'ai été plongeur. Picasso était célèbre dans l'établissement, surtout pour ses chapeaux ridicules. Souvent tyroliens, toujours trop petits. Il lui arrivait d'amener des acteurs de cinéma. Ce qui intéressait bien les filles de salle. Le peintre que j'ai le mieux connu peignait à l'œuf comme les primitifs flamands et il était cocu. C'est sa femme, avec laquelle je vivais une espèce de roman trois après-midi par semaine dans la clandestinité d'un minet-galant, qui a absolument voulu me le présenter. Elle tenait à ce que je voie les innombrables portraits qu'il avait faits d'elle. Sarrame, il s'appelait. Sa femme m'a fait passer pour un éventuel acheteur.

Il a pudiquement retourné les tableaux qui représentaient son épouse sans voile et m'a laissé admirer des toiles chastes que je me suis empressé de trouver sublimes, mais trop chères.

Si seulement je savais ce qu'il est devenu, Sarrame. Il ferait très bien le portrait de Violette. L'œil bleu, c'était un peu sa spécialité.

Sur le pas de la porte, un chat me toise. C'est bientôt secoué, cette salade, oui ?

— Oui.

Maintenant, la moutarde de Meaux, les échalotes hachées très fin, l'huile d'olive, le vinaigre de cidre, le poivre gris, le sel marin. Violette mange sain. Et jamais de viande, de poisson.

Je m'y suis mis sans le moindre problème.

Violette me fait faire ce qu'elle veut.

Ou plutôt : Violette a raison.

Comment ai-je pu vivre si longtemps avec des femmes qui n'avaient pas raison ?

— Il est très bon ton dîner.
— Tu sais que j'ai failli être cuisinier.
— Quand ça ?
— Je te l'ai dit : j'ai travaillé dans des restaurants.
— Italiens ?
— Pour commencer, oui. J'ai travaillé dans des établissements où mon père buvait ses quatre sous. Puis quand les Italiens ont compris que j'étais un trop gros mangeur pour faire mon chemin dans le manger, j'ai attaqué les Français. J'ai été serveur plus de trois mois dans un restaurant de Montmartre. Le patron avait une fille, Léone. Je l'aimais comme un fou. Si j'avais été plus porté sur le travail, j'aurais sûrement fini par l'épouser. Elle sentait le beurre. Ce qui me troublait énormément.
— Pourquoi le beurre ?
— Pendant l'Occupation, on ne trouvait pas de crème à démaquiller.
— Tu as une cigarette ?
— Oui.

J'aime bien voir fumer Violette. Elle fume seulement quand elle en a envie. Alors elle

déguste. Elle aspire la fumée lentement, en sachant ce qu'elle fait et elle la garde longtemps dans sa bouche.
— Si tu mettais un disque.
— Quoi ?

Elle ne me répond pas, elle savoure une bouffée de Gold Leaf. Je prends un disque au hasard. Un chanteur anglais. Je ne comprends pas ce qu'il dit, mais sa voix de fille est plaisante. J'allume une cigarette qui va me faire dix fois moins d'usage qu'à Violette.

Un des chats s'approche de moi pour me faire voir son ventre.

Un très beau ventre de chat.

Je suis bien.

Je sais ce que je vais faire. Demain, je vais téléphoner à cette épouse que j'ai encore à l'autre bout de Paris et prendre rendez-vous avec elle pour mettre en route ce divorce qui devrait être consommé depuis dix ans au moins. Une fois la procédure engagée, je ferai ma demande à Violette.

— Qu'est-ce qui te fait rire ?
— Une idée.

Pas même deux mois que je connais Violette. Sept semaines dans deux jours et j'ai l'impression que nous avons toujours vécu ensemble.

Sept semaines dans deux jours... Il n'était que huit ou neuf heures du soir, mais il commençait à faire trop nuit pour un homme seul. C'était une de ces périodes idiotes où aucune femme, aucun employeur, n'ont l'air de vouloir de vous. Il était trop tard pour courir les employeurs. Pas pour courir les dames. L'ennui, c'est que je n'avais aucune envie d'aller me montrer à La Coupole ou au Flore, aucune envie d'aller manger chinois, russe ou arabe, aucune envie d'aller débloquer dans le bruit des fourchettes avec des drilles encore plus joyeux que moi.

Un drôle de désir m'a envahi. Le désir de renouer. Avec qui ?

C'était d'un vague... J'ai eu la mémoire de noms, de visages. La mémoire aussi d'une Catherine abandonnée à l'issue d'un fiasco très cocasse, la mémoire du rire d'une amie de ma femme, la mémoire d'une Noire sublime rencontrée à la sortie d'un théâtre, de Léone dégrafant un corsage blanc, de la sœur de Bernard me donnant sans raison son numéro de téléphone...

Puis j'ai pensé que j'étais à deux pas de chez la Princesse. Et que nous n'avions jamais vraiment rompu.

La Princesse était chez elle et elle n'était pas seule. Une fille blonde, petite, avec de minuscules anneaux d'argent aux oreilles, lui montrait comment mettre ses yeux en valeur en se dessinant des bananes. Bananes. Le mot m'a frappé.

— Violette Perrier... Peppo.

C'est à peine si la fille blonde m'a regardé. Elle n'avait d'yeux que pour les yeux noirs de la Princesse qu'elle achevait de peindre.

Sitôt nantie de bananes qui faisaient d'elle une bayadère très convaincante, la Princesse a bondi, tendu la jambe, arrondi les bras, amorcé un pas.

Le Ciel vous préserve des danseuses !

Leurs corps superbes, jambes sans défauts, croupes engageantes, hanches parfaites, ne sont que le fruit d'un effroyable travail. Leur grâce leur est due comme à un ouvrier son salaire, elles l'ont payée de leur sueur, méritée plutôt cent fois qu'une. Ce sont des bûcheuses. Qui dit étoile, dit bonne élève. Et ces musiques dont elles ne sauraient se passer...

La Princesse — Princesse parce qu'elle m'avait raconté ses débuts à dix ans dans un ballet où elle était la Princesse des papillons, ou des libellules — avait un appétit de Chopin qui touchait à la goinfrerie. Les valses ! Les valses dès la première tasse de café. Et en stéréo, qu'on les entende deux fois mieux ! Les mazurkas en plus, les polonaises. Ah : le Concerto numéro deux. Celui en *fa mineur*.

Le lugubre, oui. Avec ce larghetto qui ferait périr un mort d'ennui — le larghetto! Et ma Princesse nue et saluant chaque matin de larges courbettes. Je te salue, matin, je te salue, oh! comme je te salue! matin... Il y avait Schumann encore. La valse allemande de Schumann... La noble... Des pièces brèves... Mais, à la longue, les pièces brèves...

La preuve que Louis-Ferdinand Céline était une très petite intelligence : il avait la passion de la danse.

Qui n'a pas vu mourir le cygne à domicile, pour soi tout seul, ne sait pas. Qui n'a pas assisté à des récitals de danse classique donnés à la Salle Pleyel devant des parterres de dames généralement russes, mélomanes et mères ou tantes ou marraines de ballerines, ne sait pas. La mère de la Princesse n'était pas russe, mais elle aurait mérité de l'être. Veuve d'un second prix de violon, teinturière à Auteuil, elle avait élevé sa fille unique dans le culte du Beau. Elle en avait fait un rat avide de Beauté.

Et la croupe de la Princesse était fabuleusement belle.

Un Maillol.

Un Maillol pathétiquement ennuyeux mais capable de frénétiques fringales d'amour après les valses. Après le larghetto.

J'ai aimé la Princesse pendant un été de cinq mois.

Pas aimé totalement. Cet été fut aussi celui de l'épouse du primitif flamand et d'une Odette qui venait avec ses trois enfants aux rendez-vous qu'elle me donnait dans un cinéma de l'avenue de l'Opéra où tous les films étaient interprétés par un chat, une souris et, éventuellement, une grand-mère. J'ai aimé la profonde douleur de la Princesse qui savait qu'elle ne serait jamais la femme de l'homosexuel arménien qui la portait chaque soir à bout de bras. J'ai aimé le corps de la Princesse. Prendre du plaisir en compagnie d'un antique procure des sensations délicieusement culturelles. Son lit bateau, rue d'Assas, c'était un peu le Louvre. Sans gardien et avec toutes ces félicités qu'ont chantées les Grecs. J'étais amoureux. Sans gaieté. Mais amoureux. Jaloux un peu de cet imbécile d'Arménien qui venait souvent partager nos spaghetti et croyait poli — donc indispensable — de me faire un brin de cour. Le studio de la rue d'Assas était un lieu déprimant. Une barre courait le long d'un mur, des chaussons de danse pendaient au plafond. Il y avait — sous verre ! — des lettres, des pneumatiques sans intérêt, mais signés Léonide Massine, Babilée, Petit. Dans les w.c., un Béjart grandeur nature vous regardait. Le soir, avant d'aller au Théâtre Récamier rechercher ma Princesse qui participait à un navrant ballet de poussins dans leurs coquilles « d'après Rimski-Korsakov », je me gavais de jazz. J'appelais Davis, Monk, Mingus à la rescousse. Nous n'avions rien à nous dire, la Princesse et moi.

Un été tristounet qui devait déboucher sur un automne désastreux. Mais sans Princesse, sans salut au matin, sans mazurkas, valses...

Et la revoilà qui danse !

Jeté, battu, jeté, battu... Et ce sourire de Joconde.

Bras en corbeille, la Princesse nous abandonne, son amie Violette et moi. Direction la kitchenette où elle va battre les cinq œufs crus qu'elle ne manque jamais d'avaler avant d'aller payer son tribut quotidien à la Beauté.

Mon envie de renouer m'est sortie de la tête.

Il y a cette Violette qui contemple rêveusement son pinceau à bananes. Elle me tourne le dos.

Je dois avoir à mon actif plusieurs milliards d'idées. La meilleure de toutes : avoir saisi Violette par les épaules et l'avoir forcée à se tourner vers moi.

Ses yeux étaient clairs. Beaux. Très beaux. Bleus.

Je l'ai embrassée.

Quand la Princesse est revenue nous étions déjà loin.

— Je repense à notre premier soir.
— Chez Jeanne.
— Pour moi, c'était et ce sera toujours la Princesse... J'aimerais bien savoir si elle sait.
— Sait quoi ?
— Nous.
— Quelle importance.
— Comme ça... J'ai couché avec elle avant toi.
— Et alors ? Tout le monde a couché avec tout le monde.

Ça veut dire quoi « tout le monde a couché avec tout le monde » ? Pour cette phrase, je devrais détester Violette. Impossible.

Le premier soir, ce soir où je l'ai embrassée chez la Princesse, elle m'a proposé de venir ici. Nous avons mangé des pommes et bu du thé. Tout était si simple, si clair, que je me suis senti comme perdu. J'ai parlé, parlé, raconté je ne sais plus trop quelles histoires, le genre d'âneries qui prenaient neuf fois sur dix avec les autres femmes. Violette m'écoutait peut-être. Elle m'observait en silence. Quand elle a dit qu'elle avait sommeil et qu'elle allait se coucher, je me suis demandé ce que je devais faire. Je n'avais pas osé la réembrasser. Elle s'est déshabillée sans faire attention à moi.

Nue, elle semblait plus grande, plus ronde. Et tendre.

Elle me montrait son ventre. Comme le chat ce soir.

Je n'ai plus quitté cette maison, ce quartier.

Comme son calme, les manières de Violette sont communicatives. Je vis à sa façon depuis que je l'ai rencontrée.

— Je t'aime, tu sais.
— Si tu es là, c'est que tu m'aimes. Le jour où ça te passera, tu t'en iras, j'imagine.
— Et tu me laisseras partir ?
— Quand on ne s'aime plus, on ne reste pas ensemble.

Pourvu que le docteur Nageoire ne la fasse pas trop souffrir.

Violette a envie d'un peu de vin. Comme il n'y en a plus dans la cuisine, je file au Café Honnête. A cette heure-ci, il n'y a plus que des Algériens qui boivent deux express à quatre en écoutant dégoiser le vieux père Honnête. Il leur raconte son service militaire dans les colonies, les moukères chaudes comme des petits pâtés, les indigènes...

— Parce que vous étiez encore des indigènes.

Mme Honnête trie des lentilles. Elle me plaît beaucoup, Mme Honnête. Elle ressemble à une cousine que nous avions, passage de la Main-d'Or. Enorme comme elle et absolument inexpressive. Ça repose, ça rassure, un visage qui ne vous dit rien. Peut-être qu'elle est déjà morte depuis longtemps, cette dame qui sort une bouteille de médoc à sept francs de son frigo.

— Faudra la tenir sous votre veste. Qu'elle chambre pendant le chemin.

Le chemin est constellé d'étoiles.

Il y a un château à deux pas de l'impasse Neuritron, l'impasse à Violette. Le château de la

Reine Blanche. Il est d'époque et bien des gens y sont morts, brûlés vifs, la nuit du Bal des Ardents.

M. Caribu a aligné les machines à écrire dans sa vitrine, dont le plus bel ornement est une peinture à l'huile pas trop écaillée représentant un Victor Hugo pas trop ressemblant. « C'est une toile signée », ne manque jamais de dire Caribu.

Signée par qui ? Mystère. Même Caribu n'est jamais parvenu à déchiffrer le vermicelle qui se tortille sous le talon gauche du poète. Mais la toile est signée.

Quand je l'aurai épousée, j'achèterai à Violette des toiles signées.

Je traîne le pas. Ma hâte de la retrouver n'est pas si grande que le plaisir que j'ai à penser à elle dans le froid de cette nuit d'automne.

Pour un peu, je choisirais une étoile là-haut et je ferais un vœu.

Etoile du ciel, fais que ce onze degrés soit chambré quand j'arriverai au numéro trois de l'impasse Neuritron !

Etoile du ciel, fais que Violette m'accepte pour mari !

Etoile du ciel, fais que demain tout se passe bien, que Violette ne souffre absolument pas, que le docteur Nageoire la traite « comme sa propre fille » !

Violette a bu tout le vin. Tranquillement, en écoutant des disques.

Les autres chats sont venus. Le noir pour finir la salade, les pattes dans une assiette et crachant comme un diable les miettes d'échalotes, les autres pour nous montrer leurs ventres. Celui du frère du noir est le plus beau, roux à pois noirs. Quand Stéphanie le croise dans l'impasse, elle ne manque jamais de lui conseiller de marcher sur le dos, le ventre en l'air, pour avoir l'air d'une bête à Bon Dieu.

Souvent, au moment de se mettre au lit, Violette est ivre. Alors, elle, la plupart du temps taciturne, elle parle. Jamais d'elle, de sa vie passée. Elle parle des gens, de leurs habitudes qui lui semblent toujours étranges. Pourquoi sont-ils toujours à voyager, à bouger, à s'entasser dans des voitures pour aller voir des pays fatalement aussi quelconques que la France ? Qu'est-ce qu'ils leur trouvent à l'Espagne, à l'Italie ? Pourquoi croient-ils indispensable de faire voir la mer, la Côte d'Azur, Nice, à leurs enfants ? Pourquoi vont-ils voir des Espagnols — qui sont petits, noués, si noirs qu'on les croirait sales — tuer des

45

taureaux ? Qu'est-ce qui les attire en Bretagne, Suisse, Yougoslavie ? Penser qu'il y a des crétins assez crétins pour faire je ne sais même pas combien de kilomètres, et en Deux-Chevaux qui plus est !, pour aller voir la Yougoslavie ! Qu'est-ce qu'ils lui trouvent, à la Yougoslavie ?

— Hein, qu'est-ce qu'ils lui trouvent ?

J'ai vu un peu de Yougoslavie. Deux heures à Split, le temps d'une escale, alors que j'allais en Grèce pour être le tueur d'un film policier pas bien épatant.

— Rien, Violette. Rien ne peut attirer qui que ce soit de vraiment sensé en Yougoslavie. C'est un pays avec des gens, des rues, des arbres, des cafés où l'on boit de la bière, rien de plus.

— Et ils y vont. En Deux-Chevaux.

Epouillant une chatte angora pas bien consentante, Violette me repose la question.

— Dis-le-moi, ce qu'ils peuvent lui trouver, à la Yougoslavie ?

— Ils y vont peut-être parce que... politiquement...

— Tu veux dire des communistes ?

— C'est une démocratie populaire... alors...

— Je ne vois pas ce qu'il y a de démocratique ou de populaire à circuler peut-être quinze ou vingt jours dans une Deux-Chevaux, qui est une voiture très inconfortable. Tiens... c'est comme les chiens des Baléares. Là, je sais de quoi je parle. Je les ai vus. Rougeauds, hébétés, pire encore que leurs maîtres. Et gros, obèses, bouffis. Des saucisses à pattes. Des chiens mongoliens. Je traversais l'île, la nuit, pour aller

46

chez un peintre et ces vilains bestiaux qui n'en finissaient pas d'ab...

— Quel peintre ?

Violette n'a-t-elle pas entendu la question ? Violette abandonne enfin le fauteuil. Elle soulève la bouteille qui est vide, agace un des chats avec l'orteil de celui de ses deux pieds qui est nu. Violette a les plus petits pieds du monde, des pieds parfaitement dessinés. Violette ne m'a pas répondu. Je ne saurai pas qui était ce peintre, la nuit, dans les Baléares. Je ne sais pas grand-chose de Violette.

— Tu viens dormir ?

— Dormir ? Je ne sais pas. Me coucher, oui.

Violette m'a laissé embrasser son visage. Longtemps. Puis son cou, ses épaules rondes.

Quand je me suis endormi, la joue sur son sein, elle dormait déjà.

Comme le réveil doit sonner, je suis réveillé. Jamais un réveil n'a pu me surprendre. Une habitude qui remonte à l'école.

Ma première école, pas la communale où des maîtres bornés ont tenté en vain de m'inculquer leurs idées mal faites, l'école de la rue Hector-Malot où on apprenait d'abord le chemin qui mène au Paradis et seulement après, si on avait du temps de reste, les affluents de la Loire, de la Garonne (deux n, deux r ?).

C'est une demoiselle ravissante, Mlle Christiane, qui m'a appris à aligner correctement des bâtons, à former des lettres, à reconnaître celles — tellement plus soignées que les miennes — qui étaient dans les livres.

L'enseignement de Mlle Christiane était une suite ininterrompue d'évidences. Quoi de plus naturel que d'écrire le mot lapin sous l'image d'un lapin, le mot ballon sous un rond et le mot pomme sous un autre rond nanti d'une queue et d'une feuille ? Quand j'ai dû quitter l'école Saint-Raphaël, parce que les garçons n'y avaient droit qu'à la petite classe, je savais lire ou presque. Et je savais faire le partage entre le Bien et le Mal. A la communale, j'ai désappris de très jolis cantiques et appris des mots sales et de nouveaux commandements. Plus ceux de Dieu, ceux des maîtres. Des commandements qu'on nous faisait, au besoin, recopier cinquante ou cent fois. Faire des lignes ! Une belle occupation, vraiment. Copier cent fois : « Au coup de sifflet on cesse *immédiatement* (souligné) de jouer et on forme les rangs. » Copier cent fois : « Je suis Français, la France est ma Patrie (P majuscule) et on ne doit pas rire pendant les cours d'instruction civique. » A la communale, il ne s'agissait plus de gagner le Paradis mais des bons points. C'était trop misérable. Je perdis d'un coup la belle fougue qui me poussait à être le meilleur à l'école Saint-Raphaël.

Curieux, de penser à l'école Saint-Raphaël ce matin, dans ce lit.

Le réveil ne sonnera pas avant un quart d'heure.

Dehors, il fait grand jour.

Violette dort comme dorment les petites filles dans les trains qui les mènent en vacances. Alors que tout le monde trépigne, s'impatiente parce que la gare qui approche n'est toujours pas la bonne, les petites filles sommeillent paisiblement, la bouche en cœur, une main ouverte, abandonnée sur une cuisse qui n'est même pas de la famille.

J'ai des idées de petit déjeuner. Dommage que

ce soit précisément un matin où Violette a rendez-vous à jeun.

Je vais quand même dans la cuisine, aussi silencieusement que possible. La plupart des chats sont restés dormir dans la maison. L'un d'entre eux ouvre un œil, bien surpris de voir quelqu'un debout si tôt. Il s'étire, estourbit une puce d'un coup de patte et se rendort dans le chapeau à fleurs de Violette.

Je vais manger, moi. Une tartine de ce miel qui fait vivre cent ans. C'est écrit sur le prospectus de l'apiculteur-négociant, il ne dit pas précisément cent ans, mais il dit « longue vie saine ».

Je me vois très bien vieillard superbe, droit comme un I et fort sage. Il m'est d'ailleurs impossible de m'imaginer mourant jeune, je veux dire avant d'avoir atteint l'âge où — fatalement — on a acquis cette philosophie qui vous fait prononcer en guise de dernier soupir une phrase qui demeurera éternellement dans la mémoire de ceux qui auront le privilège d'assister à votre belle mort.

Une belle mort...

Tout en raclant le fond du pot en carton paraffiné de miel de romarin, je cherche s'il y a eu de belles morts dans mon entourage. Oui. Une. La mort de M. Chrétien, le peintre à qui mes parents avaient acheté deux toiles, au temps de leur splendeur. Au terme de soixante-quatorze ans d'une vie tout entière consacrée à l'éducation de ses enfants, au bonheur de sa femme atteinte d'un mal incurable et à la peinture de ses scènes de la Bible (artistement mises au goût du jour), M. Chrétien s'éprit d'une grosse fille qui servait chez son boulanger. Elle avait moins de vingt ans et ne pensait qu'à soutirer de l'argent à ce malheureux qui n'eut jamais la force de lui faire l'amour mais trépassa tout de même nu comme un enfançon dans le lit de Nannette.

La mort de M. Chrétien — comme minuit! — fut l'événement de ma douzième année. C'est le seul homme que j'aie connu qui se soit offert le luxe d'une fin aussi spectaculaire. Toutes mes autres morts furent simplement bien tristes.

Le réveil!

Violette se dresse, les cheveux dans la figure, pas bien souriante.

— C'est affreux, j'ai faim.

— Je vais te faire un thé bien fort et bien chaud.

— Je veux dire que j'ai envie d'œufs à la coque et de plusieurs tranches de pain grillé.

Pauvre Violette.

3

Violette va conduire à l'aller. Elle conduira peut-être même au retour.

Violette est calme.

Je jurerais que ce n'est pas son premier avortement, qu'elle sait comment ça se passe.

Où et comment et pourquoi, elle, qui professe une sainte horreur pour les voyages, les plus petits déplacements, a-t-elle appris à conduire ? Ce matin, j'aimerais tout savoir d'elle. Mais ce matin, le temps n'est pas aux questions.

A la sortie de Paris, il y a foule.

— C'est quoi ?

— Les Puces. Les Puces de Vanves.

Lâchant le volant, Violette retrousse ma manche pour voir l'heure à ce chrono en or qui n'a pas failli d'une minute depuis le temps où j'achetais autant d'objets en or que j'en trouvais.

— Nous n'allons pas...

— Bien sûr que si. Juste un coup d'œil. Tu trouveras peut-être une machine pour écrire ton bouquin.

La dame docteur n'est sûrement pas à un quart d'heure près et puis c'est vrai... Cette machine, il me la faut absolument parce qu'il faut absolument que je fasse un livre.

C'est à ça que je pense en fouinant distraitement dans une malle pleine d'objets tellement décatis qu'on peut à peine les identifier, à ça : au bouquin qu'il faut absolument que je fasse.

Un jour, bientôt en fait, j'aurai cinquante ans. Et sûrement le crâne aussi lisse que celui d'Henry Miller, et des lunettes, comme lui. Et je serai beau, comme lui. Voilà bien des lunes que j'ai renoncé à me disputer avec ceux qui ne veulent pas admettre qu'Henry Miller est beau. Comme un Tibétain. J'aime Henry Miller. C'est beaucoup à cause de lui, de quelques phrases glanées dans ses livres — que je ne suis jamais parvenu à lire en entier — que j'ai demandé un jour au chauffeur de taxi qui me conduisait à l'Agence Pipistrello de stopper net. Nous nous trouvions sur le quai de la Rapée. J'ai dit « merci mon frère » au chauffeur et je suis allé m'asseoir sur un banc au Jardin des Plantes. C'était fameux d'être assis sur un banc de pierre, d'entendre des fauves pousser leurs cris de fauves et de sentir une bonne odeur de feuilles brûlées alors qu'à l'Agence un veau marin nommé Pipistrello devait jongler avec des millions et émettre des milliards de postillons. Il était très fort pour les postillons, Pi. Très fort aussi dans sa partie. Pi de la P.I. Une raison sociale qui ne voulait rien dire. Mais, rien à l'Agence ne voulait rien dire. Pi n'avait qu'une raison d'être : prélever dix pour cent des sommes perçues par celles ou ceux, de préférence celles, qui avaient commis l'imprudence de franchir le seuil de son office. Il ne disait pas bureau, il disait office. Il disait aussi qu'il avait perdu sa voix en seize dans une tranchée. Les gaz! Ce qui était faux. Le Pipistrello gazé en seize, c'était Giacommo Pipistrello. Son frère. Le ténor. Le mien, celui de la P.I., Giovanni Pipistrello, était machiniste à la Scala et petit ami d'une Tosca de deux cent dix livres. A la mort de sa diva, il était monté à Paris pour y devenir souteneur. Manque de chance : la première fille qu'il décida de chaperonner était allergique aux plumes de traversin. Sitôt allongée, la malheureuse perdait le souffle et son client. Faute de mieux, Pipistrello en fit une comédienne pas pire que les autres. Le pli était pris et Pi devint le fournisseur attitré des cinéastes de seconde zone. Pas ceux qui boivent au Fouquet's, ceux qui boivent à côté du Fouquet's. Au Deauville. Ceux qui savent que le cinéma est une affaire de fauteuils. La grande spécialité de Pi c'était les filles « poitrineuses ». Il avait bien mille filles aux mamelles affolantes dans ses réserves quand il m'a embauché. Un sauvetage, en réalité. J'étais acteur de cinéma à l'époque. Un physique. Et mauvais comédien, très mauvais comédien. Même Pi trouvait que je jouais faux. Alors, il m'a pris comme bras droit. Je touchais le dix pour cent de tous les dix pour cent qu'il touchait lui. Et ça faisait encore pas mal d'argent. Un travail bête à en pleurer. J'ai tenu cinq ans.

Puis il y a eu ce taxi que j'ai fait stopper.

Ce qui m'a coûté une vraiment très belle situation, l'estime de ma femme et de mon fils et une importante collection de disques de variétés. Plus de cinq mille.

Des disques rayés, sûrement aussi couinards que ceux de ma collection, il y en a ici, à Vanves, aux Puces. Et des Nord-Africains, encore plus pitoyables que ceux du Café Honnête, qui achètent, sans oser marchander, les rebuts de la grande ville. Ce prince des sables, que va-t-il faire de cette unique chaussure noire à cinq francs ? Et l'autre là, Kabyle et tremblant de froid, a-t-il vraiment besoin d'un moulin à café sans tiroir ?

Je les mettrai dans un de mes livres, ces Algériens, ces Tunisiens inquiétants parce qu'inquiets.

Je les y mettrai. Mais en douceur.

Il y a seulement trois mois, ces Puces, l'impasse Neuritron — comme toutes les rues, ruelles et boyaux de Paris — m'auraient donné envie d'écrire lyrique et grossier. Façon Miller, Céline. Ou rigolo goguenard. Façon Damon Runyon. Ce type de Broadway dont toutes les histoires ont pour héros les clients d'un café. Le café Mindy, non ? Des types dessalés débarquent au café Mindy et tombent sur un type qui a quelque chose de pas commun — devinez quoi — dans un grand sac. Ou encore un type vient de faire un chauffe-pied à un autre type. Un chauffe-pied, c'est deux allumettes, dont l'une est coincée, en douce bien sûr, entre la semelle et l'escarpin d'un type. Et on l'allume. Et alors... Il y a seulement trois mois, j'aurais eu une machine, ces Nord-Africains, baptisés boucs, crouilles ou ratons pour faire genre, m'auraient inspiré des centaines et des centaines de pages d'une drôlerie irrésistible. Avec des ivrognes grand format prenant des cuites géantes, avec des escrocs infaillibles, des salauds sympathiques, des partouzes alléchantes. Et des mots épouvantables. Ces mots sales appris à la communale, pour chasser de mon petit crâne les beaux mots des cantiques. Il y a seulement trois mois, deux même, nanti d'une machine pas trop déglinguée, j'aurais décrit avec fureur — en mentant, au besoin, comme Miller, Céline, Cendrars — ma vie en négatif.

Mais — c'est récent — j'ai compris que Dieu est amour.

Dieu est amour. Et tout à l'heure, il empêchera Violette de souffrir sur la table d'opération du docteur Nageoire.

Violette qui palpe un coupon de macramé qui ferait un bon dessus de table ou même un châle.

— Tu le veux ?

— Non. Je n'ai pas envie d'acheter mais ça m'amuse de regarder, de toucher.

Elle ouvre un parapluie vert à tête de canard, hélas borgne, passe une bague en toc à son petit doigt. Autour d'elle, que des jolies filles qui touchent à tout elles aussi. Le marchand — un rougeaud coiffé d'une toque en fourrure de nylon — les enverrait bien au diable mais il faut d'abord qu'il débouche sa pipe.

Violette est décidément mal coiffée. Je n'aurais jamais dû accepter de lui couper les cheveux. Et le vent n'arrange rien. On dirait un oisillon après une grosse pluie. Je me penche comme pour saisir quelque chose sur l'étal et je l'embrasse sur la tempe.

Elle me regarde en coin.

Je m'esquive.

Je vais acheter un cadeau à Violette. N'importe quoi. Pour l'idée.

— Combien cette lampe?

— Elle est chère, mais elle est mil neuf cent vingt.

— Ça veut dire combien : chère?

— Deux cent trente francs.

— Cette vieille lampe!

— Le pied est en céramique.

— Le pied est en céramique. Et après?

— Deux cents tout net.

— Si vous saviez comme je suis pauvre.

— Vous voulez mettre combien?

Violette aura droit à un chat en plâtre, pas trop écaillé.

Les chats qui dorment d'un seul œil dans la salle d'attente de la clinique ne sont pas en plâtre. Ils font de sombres bouilles. Ils ont compris que si maman les a coincés par surprise dans des paniers à pique-nique, c'est pour que des dames à blouses blanches leur coupent la zigouillette ou leur fassent quelque autre misère.

Donc la clinique du docteur Nageoire est une clinique pour animaux. On n'y avorte qu'en cachette. Et le docteur Nageoire est la plus vieille dame que j'aie vue de ma vie. Ses cheveux d'un bleu très propre et coiffés à la garçonne sont si rares qu'on pourrait les compter.

Elle est minuscule. Et autoritaire. Comme une infirmière traverse le hall ripoliné gris hygiénique en balançant immodestement sa croupe sous sa blouse, la patronne l'arrête et l'houspille.

— Duval, mon petit, je croyais vous avoir dit que...

— J'y pense, Madame. Mais si je veux marcher un peu vite...

Les dames à chats sont de l'avis du docteur Nageoire.

— C'est vrai que c'est indécent.

— Dix fois que je la vois passer.

— C'est parce qu'elles ne mettent rien sous leurs blouses.

L'infirmière attend, un instrument bizarre à la main.

Violette attend. La tête du chat acheté aux Puces dépasse du sac en raphia dans lequel elle emporte toujours des pelotes de laine et des aiguilles. Nous n'avons pas pu laisser le chat dans la voiture de Stéphanie, aucune des portières ne ferme.

Le docteur Nageoire cherche dans sa vieille, vieille tête, une solution au problème Duval. Elle ne trouve pas.

— Je suis certaine que vous pouvez y faire quelque chose, mon petit.

— Je vais y faire encore plus attention, docteur.

Et elle repart. En réalité, il n'y a pas le moindre problème. Cette fille au visage quelconque a tout bonnement une croupe sublime.

Maintenant, le docteur Nageoire va s'occuper de Violette.

— On vous a bien expliqué tout, oui ?

Je sors les deux billets de la poche arrière de mon jean et les tends à la petite dame docteur qui lève le nez dans ma direction.

— C'est commode, hein ! L'argent arrange tout, hein !

Difficile de répondre à cette dame qui pourrait être la grand-mère de ma grand-mère. Je ne réponds rien.

— C'est un million que je devrais leur demander ! Parce que, naturellement, ce grand géant est trop douillet pour se faire stériliser! Plus ça a l'air costaud, plus ça craint la souffrance.

Elle saisit Violette par le bras et l'entraîne. Le grand géant leur emboîte le pas.

Nous voici dans un petit cabinet de consultation. Le docteur Nageoire fait signe à Violette de s'asseoir. Pas à moi. Je reste debout, n'osant même pas prendre dans ma poche la cigarette qui me ferait tant de bien.

Le docteur Nageoire pose quelques questions techniques à Violette. Je contemple une planche, offerte par un laboratoire, et représentant l'intérieur d'une chienne enceinte. Avec une demi-douzaine de chiots disposés en quinconce. Ils ont des queues, des oreilles. Mais pas d'yeux.

Je n'aime pas cette matinée.

A côté de la clinique, il y a un jardin bien entretenu avec un arbuste qui plonge Violette dans des abîmes de perplexité. Logiquement, cet arbrisseau au tronc noir et noueux, ne devrait pouvoir vivre que sous un ciel beaucoup plus tropical que celui de la banlieue sud. Et il se dresse insolent et il porte des fleurs d'un jaune agressif. Violette a son nom sur le bout de la langue.

— Un nom en osa... rosa... C'est un arbre d'Amérique.

— Tu ne crois pas que tu devrais rentrer?

— Quand le soleil sera derrière le mur.

— Et les cachets ? Ils te font de l'effet ?

— Pas trop.

On lui a donné deux tranquillisants et un verre d'eau. Il faut qu'elle soit calme pour que tout se passe bien.

— Intéressante, la docteur Nageoire.

— Tu sais ce qu'elle m'a dit ? Que si Mme Hitler avait eu la sagesse de venir la trouver tant qu'il en était encore temps, le monde n'en serait pas là où il en est. Je crois que c'est une sainte.

— C'est toi, Violette, qui es une sainte.

— En voilà une idée.

— Je voudrais qu'il soit huit heures du soir et que tu sois assise devant la télé et moi dans la cuisine en train de préparer la pâtée pour les chats et toi.

— Une salade comme hier, avec des échalotes ?

— Une salade comme hier. Et une tarte.
— Aux poireaux ?
— Une tarte aux poireaux.
— Tu les détestes.
— Tu la mangeras toute.

Violette a moins que jamais envie de s'attendrir. Elle me fait une grimace.

— Pour devenir grosse comme Stéphanie, merci bien.

Elle approche son nez — qu'elle a bien joli — des fleurs jaunes sans odeur.

— Un nom comme ramarosa. C'est merveilleux : j'ai trouvé un sujet de méditation. Je vais penser à ce sale petit arbre. Chercher son nom. Il faut s'occuper l'esprit quand on vous fait mal, sinon...

— Tu veux que je vienne avec toi ?
— Certainement pas. Tu servirais à quoi ?
— C'est drôle de penser que tout ça se passe dans une clinique pour chiens et chats.
— C'est drôle, oui.

Je vois Violette pénétrer dans le bâtiment rose brique et vert volet. J'allume enfin cette cigarette qui m'a manqué si fort tout à l'heure.

Je n'ai plus qu'à attendre.

Combien de temps ? Personne ne m'a dit ce qui allait exactement se passer.

Mon premier avortement remonte à si loin. Ils ont dû mettre au point de nouvelles méthodes. Léone n'avait pas beaucoup souffert. En sortant de chez la dame de la rue Berthe, elle avait voulu que je l'emmène boire un café et voir un film. C'était du café d'orge, très noir et très amer et Léone s'était endormie à la moitié du film. Un film allemand pathétique. Léone n'était pas comme Violette, il fallait que je lui répète sans cesse que je l'aimais. Quand j'ai lâché le restaurant de son père, je l'ai lâchée elle aussi. Pas pour une autre fille. Pour des activités.

Les Allemands étaient là, exécutant avec application les ordres de leur Führer, un nabot épileptique qui avait trop écouté Wagner — ce pousse-au-crime. Les Allemands étaient là et ceux qui n'en mouraient pas estimaient qu'il fallait bien vivre. Mon père était, Dieu merci, trop dissipé pour servir efficacement les desseins d'Hitler et de son führer à lui, qui était un duce. Buvant les crédits qui lui avaient été alloués pour un important chantier, il fut responsable d'une brèche de trois kilomètres dans le Mur de l'Atlantique. Fait d'armes bien involontaire qui lui valut d'être condamné à mort en quarante-trois et médaillé, en quarante-quatre. Ma mère apprit un jour, les Allemands étaient déjà là depuis trois longs mois, que de bons patriotes expédiaient des lettres anonymes aux autorités pour dénoncer de mauvais patriotes. D'un naturel éminemment farceur, maman prit aussitôt sa plume et, puisque c'était la mode, se mit à expédier des lettres. Des lettres pas signées, écrites avec des écritures de fantaisie, qui ne mettaient en cause ni des Juifs, ni des prisonniers évadés, ni des saboteurs ou supposés tels. Ma mère se bornait à avertir — anonymement — un voisin que sa femme le trompait ou un commerçant qu'il allait être cambriolé. Ayant trouvé dans un journal la reproduction d'une lettre (fabuleusement niaise) du Maréchal, elle s'exerça à imiter son écriture et inonda, d'abord des amis et connaissances, puis des inconnus figurant dans l'Annuaire des Téléphones, de lettres signées Philippe Pétain. Lettres qui avertissaient leurs destinataires qu'ils étaient nommés Chevalier de la Légion d'Honneur, Grand-Croix de Vichy, ou même Commandeur de l'Ordre du Topinambour d'argent. C'est de ma mère que je tiens mon imagination.

Chargé par elle de mettre une vingtaine de lettres à la poste, un matin de décembre, j'eus l'idée d'en faire voir une, la moins extravagante, à un client du restaurant du père de Léone. Un grand mangeur de viande, chauve, myope et digne, qui vendait des livres polissons imprimés sur grands papiers. La lettre du Maréchal, troussée en cinq minutes par ma mère, le bouleversa. Il reconnut — avant même de déchiffrer la signature — l'écriture du « plus français des Français ». Emu, l'œil se mouillant légèrement, derrière le verre de ses lunettes, il m'offrit une cigarette d'armoise et autant d'argent que la plonge m'en rapportait en un mois, si je consentais à lui céder ce précieux document.

J'y consentis.

Parce que les Allemands étaient là, beaucoup se firent trafiquants de lait de chèvre, de kilos de sucre sans sucre ou de savon de graisse de morts volés à la morgue (je sais ce que je dis). Moi, je devins trafiquant de lettres autographes du Maréchal. Puis de Pierre Laval aussi. Puis d'Hitler.

Poussée par moi, ma chère maman faisait des prodiges de calligraphie. Il lui fallut des semaines et des semaines pour écrire couramment en gothique. Mais quel résultat : je suis certain que sa lettre (confidentielle) du Führer au Pape, pour lui demander d'excommunier tous les catholiques américains, fait aujourd'hui encore l'orgueil d'un collectionneur !

Ma mère ne sut jamais qu'au lieu de les poster, je portais ses lettres chez les meilleurs marchands d'autographes parisiens. Elle attribuait mes costumes pure laine et mes chaussures triple semelle (pas de bois, de cuir), à une brillante ascension dans la restauration. Mon père, lui, ne se posait et ne me posait jamais de questions. Il se contentait de m'emprunter un peu d'argent en cas de soif trop torturante.

Je ne fis pas que dans la lettre. Je fis dans le livre aussi. Le livre interdit.

Mon best-seller : un petit bouquin pas bien captivant mais très couru. *Le Silence de la mer.* Un bouquin qui — lu en cachette — devait valoir à ses lecteurs de sérieuses indulgences. Faire du porte à porte avec ce genre de littérature dans une valise en carton était assez risqué. Mais qui ne risque rien...

Mes *Silence de la mer* étaient, bien sûr, aussi faux que mes lettres de Pétain, Hitler et Cie. Ils étaient fabriqués par un Juif polonais très doué qui se terrait dans une cave boulevard Diderot, à

Paris. Un homme délicieux. Graveur sur métaux pour les orfèvres de la rue de la Paix avant la chasse aux Israélites, il était capable de fabriquer une vraie pièce de cinq francs avec une capsule de bouteille d'eau minérale. Il avait réussi à convaincre les locataires de son immeuble que, caché et nourri par leurs soins, il leur rendrait d'inappréciables services. Il maquillait à la perfection tickets de pain, de viande ou de chocolat. Il fabriquait des bons d'essence, des ausweis.

Pour imprimer mes *Silence de la mer*, il bricola des caractères d'imprimerie, une machine. Il mit même au point un produit pour laver le papier journal et en faire des pages presque blanches. C'était une sorte de Léonard de Vinci. Mais pas homosexuel.

Gavé par ses protecteurs, gentiment meublé, nanti d'une radio en parfait état de marche, Sam Ganovitch mena des jours paisibles et productifs dans le silence de sa cave. Le drame c'est que cette longue réclusion, avec pour tout soleil celui de la lampe qui éclairait sa planche à graver, finit par lui brouiller la vue. Début quarante-quatre, il voyait encore assez clair pour couper une tranche de pain et la beurrer, plus assez pour rajouter des zéros sur un ticket de pain et de matière grasse.

Alors, une femme de prisonnier très déprimée, le dénonça.

A ce qu'on m'a dit, Ganovitch serait mort dans une mine de sel en Silésie.

Quand j'ai appris ça, la guerre était finie, les petits trafics aussi. J'étais devenu acteur de cinéma.

Au loin, des cloches. Les douze coups de midi. Une église ? Notre-Dame de Clamart ?

J'ai fumé les dernières cigarettes de mon paquet, assis à même le gravier, au pied de l'arbrisseau américain. Ce jardin c'est un peu la campagne. La campagne où je n'ai pas mis les pieds depuis peut-être dix ans. Horreur des voyages... Ou, plus précisément, assez à faire avec mes randonnées dans Paris. Et quand je dis randonnées...

Déjà parti de l'endroit où vous avez votre lit et votre table, en croyant dur comme fer que vous n'y remettrez jamais les pieds ?

J'ai fait ça une bonne douzaine de fois.

Et c'est encore ça que je devrais faire. Maintenant, sans réfléchir. Ça : quitter ce jardin avec son arbuste en technicolor, filer sans même un regard pour le mur rose de la clinique pour chiens, chats et dames dans l'embarras. Filer. Fuir. Fuir cette Violette qui n'a pas voulu un enfant de moi.

Il suffit de faire quinze pas, de laisser la clé sur le tableau de bord de la voiture à Stéphanie — personne n'aura l'idée de voler une aussi vieille

Deux-Chevaux — et de sauter dans le premier autobus qui passe. Peu importe la direction. Le terminus sera le bon.

J'oublierai Violette comme j'ai oublié tant d'autres filles et tant d'endroits où il était possible de vivre.

Partir. Et acheter la première machine à écrire venue et se mettre sérieusement, totalement, à ce bouquin auquel je ne peux plus me contenter de rêver.

Entre Violette et moi, il n'a jamais été question d'amour, elle m'a entraîné le soir des bananes chez la Princesse, j'ai tout de suite accepté sa maison presque sans meubles, sa horde de chats, son indolence, sa bonne humeur et ses repas sans viande. Mais nous ne nous sommes rien promis.

Je suis sûr que Violette comprendra.

Demain, dans huit jours, il y aura un autre homme pour souper avec elle de soupes aux herbes et de galettes aux cinq farines et Violette ne pourra s'empêcher d'apprécier l'élégance avec laquelle, sans un mot inutile, j'ai...

Au mieux, elle durera combien de temps, notre histoire ? Un an. Deux. Et le moment viendra, fatalement, où il faudra se quitter mauvais amis.

Je pars maintenant et tout est net.

Et je replonge dans Paris. Des quartiers m'attendent où je n'ai encore jamais vécu.

Les Ternes, Pereire, les fins fonds du Quinzième, la Chapelle qui ressemble si fort à une sortie de Barcelone ou de Milan, l'Etoile que je ne peux imaginer que peuplée de femmes entretenues par des hommes cramponnés à des cigares hors de prix, la Madeleine où je me gaverai de fruis connus seulement par les clients d'Hédiard, Picpus, Bel-Air, l'Ecole-Militaire où je boirai des verres dans des cafés sans âme avec des invalides sans jambes, sans bras, sans plus rien que leur soif, Saint-Mandé-Tourelles...

Tous ces quartiers qui m'attendent!

Et toutes ces femmes!

Et — pour finir — la mort.

Voilà bien le genre de pensée dont j'ai horreur. Penser à la mort qui pourrait fort bien me tomber dessus sans prévenir me déplaît souverainement.

Dans mes livres, personne ne mourra jamais.

J'ai laissé passer cinq autobus. Trois dans un sens, deux dans l'autre.

Un chat dodu comme une citrouille, mais moins coloré, me regarde manger une tartelette dans une pâtisserie d'une tristesse incroyable.

Je suis installé dans la partie « salon de thé ». Il y a en tout trois tables et six chaises imitation Louis XV. La tartelette est succulente. Trop riche en beurre, en sucre. Une tartelette garantie « maison ». Je peux lire le nom de l'établissement, à l'envers, sur la glace de la porte à sonnette : *À LA CHÈVRE GOURMANDE*. Je veux bien que ce patapouf de chat jaunard soit une chatte. Mais pas une chèvre. Où est la chèvre ? On aurait pu, au moins, la peindre sur le mur, entre les bocaux de muscadins, nougatines et bêtises. Où est la chèvre ? Et — surtout — que vient faire dans cette banlieue si platement parisienne, ce petit coin de Suisse ?

Quel exode a pu conduire une Genevoise ou une Bâloise experte en pâte feuilletée, en pâte brisée, en crème renversée, anglaise, pâtissière, dans la rue la moins passante de Clamart ?

Debout, encore plus dépaysé que moi, un cow-boy à lunettes pose pour la seconde fois une question à la serveuse rousse.

— Pas de bière du tout ?
— Rien d'alcoolisé, monsieur.
— La bière, c'est pas de l'alcool. Même les nourrices en boivent.
— Thé, café, chocolat, limonade, jus de fruits.
— Alors ça sera un café. Bien noir.
— Avec du lait ?
— Noir.

Il se laisse choir sur une chaise, s'allume une cigarette, me prend à témoin de l'étendue de la catastrophe :

— Même pas un flipper ! Vous imaginez ça ?

Ce que j'imagine mal, c'est qu'il y ait sur terre des millions de mortels capables de gaspiller un peu du temps qui leur est imparti à titiller les manettes de ces navrants appareils qui — au mieux — vous procurent la joie de voir s'allumer un nez de clown ou le shako d'une majorette.

Il a l'air normal, ce type avec ses bottes rouges, ses favoris et ses lunettes. Quel besoin a-t-il d'un flipper ?

Même dans mes pires moments — et il y en a eu des pires moments — jamais je n'ai cédé à cette tentation-là. J'ai fait des réussites, des belotes, des batailles avec moi-même, des mots croisés, coché des noms de chevaux dans des journaux spécialisés sans intention de les jouer... Mais le zinzin, jamais. J'ai beau chercher... Non... Des années de vadrouille et pas la moindre partie de flipper.

Des dizaines et des dizaines d'années de vadrouille et, au bout du compte, quoi ? Toujours cette peur de la mort, cette incapacité à me mettre devant une pile de feuilles de papier et d'écrire.

Il y a — soi-disant — ce problème de machine.

On meurt aussi bien à Paris qu'à Tampico. Je le sais. Et si je sais ça, je dois savoir aussi qu'on écrit aussi bien mille pages belles à en pleurer avec un Bic à quarante centimes qu'avec une Olivetti électrique. Alors ?

Alors assez rêvassé.

— Vous êtes gentille, vous me donnez un thé.

— Nature ?

— Oui. Nature. Et du Chine si vous avez du Chine.

La serveuse rousse, qui a du Chine, gagne à ne pas croupir derrière son comptoir. Ce qu'elle a d'intéressant, c'est dans les jambes que ça se tient.

— Attention à la théière : elle est brûlante.

— Merci.

— Je vous donne le sucre.

— Inutile, merci.

Avec de vrais talons, elle doit faire des ravages. Elle s'appelle Minnie. Une cliente tout à l'heure, une dame qui a acheté un friand, l'a appelée Minnie. Elle voulait savoir, cette dame, si Minnie avait vu le film à la télé hier soir. Elle ne l'avait pas vu. Le soir, elle dort ou elle va au cinéma. Elle n'a même pas de télé, Minnie.

— C'est le diminutif de quoi, Minnie ?

— De rien. Mon nom c'est Andrée.

Le cow-boy sirote son café sans entrain.

— Question ambiance et question expresso, c'est vraiment pas l'Italie !

Il repose sa tasse à côté de la soucoupe. Il est à cran.

— J'avais envie d'une bière. Blonde. Brune. Même française. Une bière.

Il fait glisser sa chaise en direction de ma table.

— On s'est croisés dans le hall de la clinique. Vous étiez magnifique à côté de la patronne. J'ai eu une marraine aussi petite qu'elle. Vous lui auriez mangé sur la tête... Et ce nom : Nageoire.

Moi, ma marraine était grande. Une dame d'Auteuil qui faisait copier par sa couturière les plus beaux modèles des magazines à la mode.

— C'est votre femme qui était avec vous ?

Je fais non de la tête. Et c'est déjà beaucoup.

— Moi, c'est ma femme. Et le plus beau de l'histoire — parce qu'il y a un plus beau dans cette histoire — c'est que l'enfant ne peut pas être de moi.

Il s'est arrêté. Il contemple sa tasse.

— Même très bon, je ne suis pas fou du café. Tandis que la bière... Je peux boire des litres de bière. Je crois que je les connais toutes. De la Dumesnil aux japonaises qui ont l'air de limonade et finissent par vous saouler quand même.

— Vous avez une idée du temps que ça dure, l'opération ?

— L'opération ? Faut compter deux bonnes heures. Le temps d'opérer et le temps qu'elles reprennent leurs esprits. C'est la première fois, vous ?

— Oui.

Je ne vais pas me mettre à raconter Léone, la cave aux jambons, la rue Berthe.

— C'est sérieux comme clinique. On est déjà

venus avec ma femme, il y a quatre-cinq ans de ça. Le plus bête, c'est que je me fais autant de souci ce coup-ci... Alors que...

Il me gêne, le cow-boy myope. Je n'aurais pas dû l'écouter. On ne devrait jamais écouter les gens dans les cafés. Ni ailleurs. Jamais. Et j'ai passé des soirées, des après-midi à faire ça. Tous ces inconnus qui m'ont parlé de leurs amours, de leurs déboires quand je buvais à tous les râteliers. Du bar du Plazza aux pires moches troquets de la Porte des Lilas.

Je n'aurais pas dû me contenter de l'adresse de Stéphanie. Il fallait prendre l'avion et aller très loin. A Londres, en Tunisie, en Hollande.

D'un côté, c'est la clinique et son bout de jardin, de l'autre un square.

Un petit square. Sûrement du temps du Front Populaire. Avec des pelouses modestes, des corbeilles pour les emballages de chocolat et les bâtons de sucette, des bustes d'auteurs laïques. France. Diderot. Le Maire de l'époque a sans doute songé à Zola aussi, mais c'était délicat dans un lieu réservé aux ébats des enfants. Pour les plus petits d'entre eux, il y a un lopin de sable entouré d'un muret de béton. Pour les autres, sur l'eau d'un lac artificiel, trois canards et deux cygnes dont l'observation attentive doit sûrement permettre d'intéressantes constatations sur les mœurs des palmipèdes. Le gardien boite de la même jambe que tous les gardiens de squares. La nonagénaire pauvre mais propre est sur son banc, attendant que des pigeons daignent s'intéresser à sa demi-baguette de la veille. Le solitaire à béret basque est là aussi. Souriant, savourant son inutilité. Et l'idiote qui parle toute seule en tricotant très mal un chandail que personne ne voudra jamais porter. Il y a quelques promeneurs. Dont deux jeunes filles, des employées qui auront sauté leur repas de midi, pour la ligne et pour se raconter sans témoin leurs infimes turpitudes.

Ah! Je m'intéresse à la statue d'un certain Hervé Bourrin. A en croire ses moustaches, c'était un contemporain du Président Herriot. Il est mort héroïquement en mil neuf cent quarante-quatre. Ou le sculpteur était un incapable, ou ce monsieur Bourrin cachait son jeu. Rien dans son visage ne laisse penser qu'il était capable d'héroïsme. Il avait les joues poupines, un nez de bougnat, une verrue sur le menton. Amusant de penser qu'après quarante-quatre, on trouvait encore dans le département de la Seine des sculpteurs capables de sculpter des verrues.

Si j'avais écouté Léone, si j'avais opté moi aussi pour l'héroïsme, à l'heure qu'il est, j'aurais peut-être ma statue dans un square.

Il est une heure et quart.
Dans le hall de la clinique, plus de mères-à-chats. Seulement une femme en blouse blanche.
Ça s'est mis à sentir l'hôpital. Et il fait trop chaud.
— Monsieur ?
— J'attends une dame... je...
— Madame Bernard ?
— Non... Mademoiselle Violette...
— Ah ! Oui. Elle est encore en salle d'opération.
— C'est si long que ça ?
— Il y avait trois interventions et le docteur Nageoire...
— Je comprends.
Je vais retourner à la pâtisserie. Ils ont peut-être des cigarettes blondes.

— Allô, Lucienne ?
— Oui. Qui est à l'appareil ?
— Tu ne reconnais même plus ma voix ?
— Ah ! C'est toi.
— Oui. Bonjour.
— Bonjour.
— Tu vas bien ?
— Comme ça. Et toi ?
— Ça va.
— Qu'est-ce qui te prend de téléphoner ?
— Tu devrais plutôt me demander qu'est-ce qui m'a pris de rester si longtemps sans téléphoner.
— C'est la même chose.
— Je ne te dérange pas ?
— Non. Je ne travaille que tard le soir.
— Qu'est-ce que tu fais ?
— Une amie a ouvert une boîte de nuit. Je l'aide.
— Tu fais quoi ? Les cigarettes ? Avec une petite jupette et des oreilles de lapin ?
— Plutôt le genre comptabilité.
— Tu n'as jamais su additionner deux et deux.

— Pour le moment on ne sert qu'un verre par nuit. Et encore.
— Et ça te plaît ?
— Ça va.
— Et Filou ?
— Il n'y a plus de Filou ici. Ton fils partage une chambre sans eau courante avec une Cécile. Au Quartier Latin. Et il a décrété qu'il ne répondrait que si on l'appelait Philippe. Tu te souviens encore que ton fils s'appelle Philippe ?
— Je me souviens de tout, Lucienne... Tu veux que je te décrive le coin où tu es assise ?
— Je suis debout.
— Il y a quand même toujours au mur l'image indienne, non ?... Et, sur la petite table au téléphone, le bougeoir acheté à Vérone et la boîte en laque qui te vient de ta mère.
— L'image indienne a été déchirée. Par moi. En mille morceaux. Ce n'est pas un musée à la gloire du cher grand Peppo ici. J'ai donné tous tes livres. Le concierge met ta canadienne pour aller travailler. Le bougeoir de Vérone est à la cave. Et maman est morte.
— Morte ? Quand ça ?
— Il y aura deux mois lundi.
— Mais... Comment c'est arrivé ?
— Elle était devenue trop vieille. Quand les gens sont devenus trop vieux, ils meurent. Tout le monde sait ça.
— Et toi ?
— Quoi moi ?
— Tu as dû avoir de la peine. Si j'avais su, je...
— Maintenant, tu sais.

— Elle m'a toujours détesté, mais elle devait être très gentille, dans le fond.

— Elle t'a laissé quelque chose. Un souvenir. Le dernier jour, à l'hôpital, elle m'a dit : « Les livres sur les insectes seront pour ton mari. » Ils sont là qui t'attendent. Dans l'entrée. Tu sais : les quinze gros volumes de Fabre.

— Je passerai les prendre.

— Je peux te les déposer.

— Je n'ai toujours pas vraiment d'adresse.

— Comme tu voudras... Et... tu fais quoi !

— J'écris. Ce coup-ci, je m'y suis mis sérieusement. J'ai acheté une machine d'occasion. Une Remington. Et je tape mes dix pages par jour.

— C'est quoi ce que tu écris ?

— Une sorte de roman. Un peu comme les bouquins de Miller, si tu veux.

— Avec de mirobolantes histoires de filles, la description de tes conquêtes ?

— Non. C'est un bouquin sur la vie, les gens.

— Et c'est pour me dire ça que tu me téléphones aujourd'hui ? Pour me dire que tu tapes à la machine dix pages par jour sur les gens ?

— Je voulais aussi...

— Tu voulais quoi ?

— Je pensais... Enfin... C'est une idée qui m'est venue... Puisqu'on vit chacun de son côté depuis si longtemps, on devrait peut-être divorcer. Tu ne crois pas ?

— Si ça t'arrange, toi.

— Ce n'est pas une question d'arrangement, Lucienne... Simplement, je pensais que...

Elle m'a encore coincé. Cette femme a du génie. Le génie de me coincer. Toujours. La première fois que je lui ai proposé de venir au restaurant avec moi, le matin où j'ai dit oui au maire du Quatorzième...

Elle m'a toujours coincé.

Ce coup de téléphone va durer un siècle.

Et pendant ce temps-là, Violette souffre.

Le cow-boy, qui doit en être à son cinq ou sixième café, et la Minnie aux jambes fascinantes qui ne s'appelle pas Minnie, ont dû tout entendre de ma communication. Ils ont dû tout entendre car la serveuse fait celle qui est absorbée par son tricot et Jesse James fait celui qui ne me voit pas. On jurerait qu'il est en train d'apprendre la carte des douceurs proposées à son aimable clientèle par *LA CHÈVRE GOURMANDE*... Sorbets à cinq francs... Glaces (deux boules) à trois francs... Glaces (une boule) à un franc cinquante... Babas... Paris-Brest... Puits d'amour... Financiers...

Ce coup de téléphone ne m'a rien valu. Nous ne pouvons plus parler de rien avec Lucienne. Pas même de divorce.

— Un thé.
— Toujours nature ?
— Toujours nature.

C'est reposant, la Suisse.

Ce thé, je vais le savourer, ne penser qu'à son arrière-goût de bergamote — c'est de l'Earl Grey un peu faible. J'ai vécu une semaine avec une dame qui avait tout lu sur le Japon et qui improvisait autour de la moindre tasse de thé un cirque étonnant. D'abord, il lui fallait faire mentir la loi qui dit que la théière a droit à une cuillerée pour elle en plus de celles destinées à chaque buveur. Ma dame ne mettait qu'une seule et unique cuillerée de thé dans la théière et, sitôt les feuilles gonflées par l'eau, elle les battait avec un morceau de bois poli qui ne servait qu'à ça. Naturellement : défense de parler tant que le thé n'était pas infusé et bu.

C'était presque aussi reposant que la Suisse, ce Japon. Mais la dame était trop maigre au lit et son zen de pacotille m'horripilait.

Le repos.

Voilà encore ce que Violette m'a apporté.

On jurerait qu'elle a fait un pacte avec l'Eternel, qu'Il lui a promis de compter ses heures moins rigoureusement que celles des autres. Violette a tout son temps. Violette ne fait rien. Ou alors, des choses qui demandent un temps fou. Une soupe du soir, elle la met en route dès le petit matin. Chaque carotte, chaque poireau, chaque navet est l'objet de soins aussi attentifs que s'il était le dernier poireau, la dernière carotte, le dernier navet. Epucer un chat lui prend une nuit. Si le chat est de belle taille, elle peut même remettre une patte au lendemain !

Je vais divorcer.

Je vais me marier avec Violette.

A l'Eglise, si elle n'a rien contre.

Et je lui ferai plusieurs enfants pour qu'elle me pardonne aujourd'hui.

Il est près de trois heures. Et le docteur Nageoire est sur les nerfs. Emergeant d'une blouse trop vaste pour elle et trop amidonnée, les cheveux bleus en bataille — quasiment Dullin juste avant le rideau final du *Roi Lear*. Elle arpente le cabinet au ventre de chienne grosse vu en coupe, en battant la mesure — pour quel orchestre ? — avec un crayon à bille. Cette fois, je suis assis. Le cow-boy aussi.

— Ce sont des choses qui arrivent... Le mois dernier, il m'est arrivé la même chose avec une portée de Pékinois... Une césarienne et trois morts sur cinq... Et pas dans l'ordre... Le premier et le quatrième, vifs comme des gardons... Et les trois autres...

Si cette vieille détraquée nous annonce qu'elle a tué Violette et la femme du cow-boy comme de vulgaires Pékinois, je me lève et je l'étrangle !

— ... Deux hémorragies le même jour, c'est mathématiquement impossible.

Alors ?

— ... Première intervention : une femme de plus de quarante ans et que j'ai déjà vue six fois...

Impeccable... Pour ainsi dire pas de sang... Et puis, crac !

Mais pas d'affolement, surtout. Pas de panique. C'est une clinique ici. Pas une de ces louches officines où des salopiauds font ça à la sauvette et sans hygiène. On va nous les soigner, nos dames. Antiseptiques, antibiotiques et tout le tremblement ! Bien sûr, bien sûr, pas question de les ramener maintenant. Demain matin, oui. Elles doivent rester sous surveillance médicale. Garantie de sérieux. Et ça ne nous coûtera pas un centime de plus. Le docteur Nageoire ne fait pas, n'a jamais fait ça pour l'argent. C'est un sacerdoce ou tout comme. Les frais ? Les chiens et les chats paieront. Qu'on ne s'inquiète surtout pas.

— Est-ce qu'on peut au moins les...

— Fichez-leur la paix. Elles dorment comme des bienheureuses. Revenez demain... Demain matin.

4

Le cow-boy a une voiture tout en chromes avec un mange-disque qui semble ne digérer que de la guimauve américaine. Sinatra... Dean Martin... Les cent mille violons de la M.G.M., quand le shérif solitaire part au massacre... Nous avons décidé de laisser en plan la voiture de Stéphanie. Je la reprendrai demain en venant chercher Violette.

Le cow-boy est pâle comme un matin de Toussaint. Pour lui, c'est sûr, sa femme va y rester. C'est parce qu'il m'a dit ça sitôt sorti du bureau du docteur Nageoire que j'ai décidé de ne pas le lâcher. J'ai cru qu'il allait éclater en sanglots, mouiller de larmes ses belles bottes rouges et son blouson gold surpiqué en tous sens.

— Elle n'en reviendra pas. Ma mère, ça s'est passé pareil. Elle disait qu'elle voyait des papillons bleus. Tout petits. Elle est allée à la Pitié. En autobus. Toute seule. Sans même un mouchoir de rechange. Ça devait durer deux jours, trois au maximum. Elle est morte le cinquante troisième. Les papillons bleus ne la laissaient plus dormir. Ils dansaient entre elle et nous quand on allait la voir.

— Vous savez ce qu'on va faire, cow-boy ? On va aller manger un morceau.
— Cow-boy ?
— Je dis ça à cause des bottes.
— Ça ne coûte pas tellement plus cher que des chaussures. Et ça vous fait cinq ans sans un ressemelage. C'est mexicain.
— Je ne voulais pas vous fâcher.
— Je suis trop inquiet pour me fâcher. On irait le manger où, ce morceau ?
— Chez moi. Enfin... là où je vis en ce moment. Il faut absolument que je prévienne la dame qui m'a prêté sa voiture et que je lui donne des nouvelles.
— Moi, personne n'attend de nouvelles. Pas même le petit salaud qui l'a mise dans cet état. C'est où votre maison ?
— Tout droit. On tournera au Lion de Belfort. C'est aux Gobelins.

Le cow-boy conduit comme un dieu. Il frôle les motos, les Solex et ne renverse rien. Dès que le mange-disque cesse de beugler, il le remet en marche d'une pichenette.

— Mon nom c'est Max. On devrait peut-être s'arrêter quelque part pour acheter du jambon, du pain.
— Il y a ce qu'il faut, ne vous inquiétez pas.
— Pas m'inquiéter quand je la vois morte.
— Si toutes les femmes qui avortent...
— Une seule m'intéresse. La mienne. Gaby.
Max et Gaby.

Il ne manquait que ces deux prénoms dans mon agenda. J'ai envie de crier. Quelque chose me dit que si je laisse faire, je ne pourrai plus jamais me débarrasser de ce cow-boy. C'est lui qui décide de freiner. Et je ne saute pas hors de la voiture. Il se rue dans un magasin où l'on vend de tout ce qui se mange et de tout ce qui se boit pour en revenir avec deux packs de bière et une boîte grand modèle de bœuf en sauce.

— Vous aimez le bœuf en sauce ?
— Beaucoup. Mais je ne mange pas de viande.
— Pourquoi ? Je parie que c'est un abruti de toubib qui vous a...
— Non. C'est mon amie. Elle est végétarienne.
— Tous ces gens qui ont des principes ! Comme si on n'avait pas assez des Juifs, des Arabes, des communistes.
— Si ça vous fait plaisir, je vous le ferai chauffer, votre bœuf.
— Je peux très bien me passer de viande.

Le Lion de Belfort. On prend le boulevard Arago. Ça me fait drôle de rentrer chez Violette sans Violette.

Sitôt dans la cour de l'immeuble, j'ai braillé le nom de Stéphanie, et elle est descendue quatre à quatre nous regarder manger. Une omelette de huit œufs avec des herbes et des oignons.

Max a un chat sur chaque genoux. Il ne s'arrête de mâcher que pour geindre.

— Cette doctoresse n'est plus capable de travailler proprement. Voilà la vérité.

Max tend une canette à Stéphanie.

— Elle est tiède. Mais moi, la bière...

— Moi aussi.

Stéphanie fait sauter la capsule et se laisse choir sur un pouf pour téter. Max me tend une canette à moi aussi.

— Non, Max. Pas moi. Je ne bois plus. J'ai bu comme tout le monde et même un peu plus. Mais j'ai laissé tomber.

— Comme la viande.

— Avant la viande.

— Et l'œuf ? Vous mangez bien des œufs. C'est pas animal, l'œuf ?

— Tant qu'un œuf n'a pas été fécondé...

Je n'ai pas faim et pas envie de parler. Même avec Stéphanie.

101

— Je crois que j'ai besoin d'un bon bain.

Stéphanie et le cow-boy vont boire de la bière. Et débloquer.

Moi, je m'assieds sur le rebord de la baignoire et j'allume une cigarette. Il y en a toujours un paquet dans la salle de bains. Il y a un rasoir électrique sur l'étagère. Le rasoir que j'ai acheté le lendemain du soir où Violette m'a kidnappé chez la Princesse.

La Princesse pouvait s'allonger, fermer les yeux et écouter du Mozart. Pas Violette. La Princesse se croyait obligée de faire le guignol pour saluer le jour qui se lève. Pas Violette. Violette sait si bien dessiner les bananes qui font les yeux plus profonds, qu'elle a enseigné à la Princesse l'art de la banane. Mais Violette ne se dessine jamais de bananes.

Quand elle est nue dans la lumière du matin, Violette est si belle que les chats peuvent rester des heures à la contempler. Elle est aussi bien belle à midi. Et le soir. Et la nuit. La Princesse n'était pas vilaine. Léone non plus n'était pas vilaine, ni Lucienne quand elle m'a coincé pour la première fois, ni cette dame qui s'amusait à la Japonaise, ni Loulou Herzégovine — une chanteuse pop et folle — ni Aurore, Léna, Suzanne, Marie, et d'autres Marie.

Mais Violette est belle.

J'ouvre tous les flacons de parfum, l'un après l'autre. Jasmin de Nice, santal, essence de rose, de lilas. J'enfouis mon nez dans le peignoir de bain qu'elle a laissé choir sur le sol carrelé. Il sent Violette.

Le premier soir, c'est une jupe qu'elle a laissé choir. Et un T-shirt.

Elle a la peau très fine, douce, pas seulement douce là où toutes les femmes ont la peau douce.

Elle me regardait en bombant son ventre plat et je n'ai pas pu lui faire l'amour. Pas su.

Ça, c'est un signe. Je ne crois guère aux signes, mais c'était un signe.

Il fallait que je la connaisse un peu mieux.

La première nuit, je me suis contenté de la regarder. Ses yeux bleus ne sont pas seulement bleus. Il y a de petits points verts qui tournent. Ils tournent vraiment, quand elle va sourire. Sur le sommet de sa tête, il y a un léger creux. On le sent si on lui caresse la tête. La première nuit, je lui ai caressé la tête. Elle dormait presque. Je m'étais allongé à côté d'elle et elle avait trouvé la bonne place. Elle met le temps qu'il faut et finit par trouver la place exacte. Et je fais semblant d'être très en colère parce qu'elle remue tant qu'elle n'a pas trouvé exactement sa place.

Je vais l'épouser. C'est sûr.

J'ai fini par me faire couler un bain et par le prendre. Un bain au gros sel. Méthode Violette. J'en avais besoin. Pendant que je trempais, la chatte Violette et un quart-de-matou qui lui ressemble comme un fils m'ont tenu compagnie. Ils aiment voir de l'eau. Je leur ai parlé. Pas pour leur dire quoi que ce soit d'important. Pour le bruit. Ce qui leur plaît, c'est le bruit de la conversation. Ce qui leur plaît moins, c'est quand je les asperge d'eau froide. On jurerait qu'ils ne comprenent rien à mon humour. Surtout celui qui a l'air d'un fils. Il ne me griffe pas, mais c'est tout juste.

Je remets mon jean, mon unique jean. J'avais quelques affaires, des vêtements, des bouquins, mon appareil photo, dans un building avec vue assurée sur la fumée des trains à Maine-Montparnasse. J'ai tout abandonné. Je n'ai même jamais pensé à téléphoner à l'ami qui m'hébergeait, pour lui expliquer ma disparition.

Il sera invité à notre mariage. Avec Stéphanie et Cranach. Et pourquoi pas M. Caribu, les Honnête ?

Et Max ?

Max qui est seul avec d'autres chats. Stéphanie est partie chercher ses enfants à l'école. Max continue à boire de la bière. Max est malheureux.

— Ma femme, Gaby, quand elle m'a dit qu'elle avait un amant, j'aurais été quelqu'un de propre, je l'aurais bouzillée. J'ai un revolver chez moi.

— Parce que, chez vous, si on est quelqu'un de propre, on tue !

— Ne cherchez pas à m'embrouiller les idées avec des idées générales. Quand une femme, qui est votre femme depuis vingt ans, choisit le petit salaud...

— Et vous seriez en prison, Max. La prison, c'est des années et des années sans bière.

— C'est ce qui m'a fait reculer. Pas l'idée de la bière. La bière. Au lieu de la bouzillée comme l'aurait fait quelqu'un de propre, je me suis cuité à la bière belge dans une brasserie et je suis remonté chez moi, m'allonger à côté d'elle. Tout miel. Absolument tout miel. Je lui ai parlé très gentiment. Je lui ai pardonné. Et je pleurais de bonté. C'était la première fois que ça m'arrivait, de pleurer de bonté.

Et ce n'était pas ce qu'elle voulait.

— Elle voulait quoi ?

— Continuer. Elle avait trouvé quelque chose. Elle me l'a dit : j'ai trouvé quelque chose. Alors je lui ai demandé quoi. Elle m'a expliqué. Elle m'a expliqué ce qu'elle avait trouvé : un garçon blond comme une fille qui couchait avec elle sans lui dire un mot. Je ne pouvais pas comprendre. Il y a des choses qui vous dépassent. J'ai pleuré encore. Puis je l'ai battue. Ça aussi c'était la première fois. Alors elle a pleuré aussi. Elle ne quittera jamais la maison. Elle ne me laisserait même pas un soir ou un dimanche tout seul. Mais plusieurs fois par semaine, il faut qu'elle aille le voir.

C'en est trop. Il décapsule deux canettes et en ingurgite le contenu sans même souffler.

— Il ne durera pas une saison, ce petit blond.

— Il durera tant que je n'aurai pas le cran d'aller le bouziller. Mais je me connais. Même si elle meurt, je n'aurai pas le chou d'y aller... Et elle le sait. Elle le sait si bien qu'elle m'a donné l'adresse de son hôtel. C'est boulevard Sébastopol. J'ai été le regarder, l'hôtel. C'est à côté d'un marchand de jouets, de trains électriques à cent mille francs et plus.

Depuis que je ne bois plus, je déteste ceux qui ont bu. Violette exceptée. Violette peut tout faire. Plusieurs fois je l'ai vue ivre au point de se laisser dévêtir et coucher. Comme une petite fille. C'est ça qui m'attendrit : ses jambes de gamine avec des genoux qu'on s'étonne toujours de ne pas voir « couronnés ». Ivre, elle peut répéter je ne sais combien de fois la même phrase. Ça ne fait rien. Je bois et je boirai chaque parole qui sort de la bouche de Violette, comme du petit lait.

Mais entendre radoter Max m'est insupportable.

— Je vais te faire chauffer ton bœuf, cow-boy.

— Non. Tu l'as dit : pas de viande ici.

— Il nous arrive d'en faire cuire pour les chats.

— Vous en avez combien ?

— Beaucoup de chats qui ont beaucoup d'amis.

— Ma femme n'a même jamais voulu d'un oiseau. En fait, il suffit que moi, j'aie envie de quelque chose pour lui couper toute envie. Un jour, je te raconterai ce qu'elle m'a fait à Biarritz.

Parce que le cow-boy se figure que cette histoire va avoir une suite ! Que nous allons copiner... Il imagine quoi ? Des dîners ? Des bridges ?... « Violette, je te présente Gaby, et lui c'est Max, mon vieux Max... » On pourrait peut-être envisager aussi des vacances : « Sais-tu quelle bonne idée vient d'avoir ce vieux Max, Violette ?... Une maison... Une chouette petite maison libre juillet-août à Lacanau-Océan... On s'installerait bien peinards tous les quatre... J'irais aux crevettes, aux moules avec ce bon vieux Max et toi, pendant ce temps-là, tu ferais la cuisine avec Gaby... Une petite femme épatante, Gaby... Elle te raconterait ses fredaines en écossant les petits pois du souper... »

Il faut que Max s'en aille. Tout de suite.

On ne jette pas à la rue un homme qui a bu onze canettes de bière parce qu'il a peur que sa femme ne survive pas à un avortement, et qui s'est endormi dans un fauteuil Voltaire. On ne fait pas ça. Enfin, pas moi.

J'ai même poussé la compréhension jusqu'à lui ôter ses bottes.

Le sommeil lui va mieux que la veille. Il a l'air d'un Juste.

Croyant que c'était l'heure, les chats s'y sont mis aussi. On n'entend plus que la radio de Cranach. Vivaldi. Les quatre saisons. Cranach a le chic pour capter des musiques bébêtes.

Je découvre un fond de thé glacé dans une tasse de ce matin qui traîne sur la commode. C'est de l'Earl Grey comme dans la pâtisserie suisse. Mais amer.

Je vais téléphoner.

Pas de chez Stéphanie. Je ne l'ai pas entendue rentrer avec sa marmaille glapissante et lanceuse de ballons dans nos carreaux. De chez Cranach.

Il me laisse sonner six fois, demande qui c'est à travers la porte, fait tourner un nombre incroyable de clés et finit par m'apparaître en kimono mais toujours chaussé de ses mirobolantes chaussures bleu céleste.

— Alors, Violette ?

— Ça ne s'est pas passé tout à fait comme prévu. Elle reste là-bas jusqu'à demain.

— C'est pas grave, au moins ?

— Non. La doctoresse a dit que non. Stéphanie aussi. Je voudrais téléphoner.

Sur un chevalet, la toile en train, toute en longueur. C'est une procession.

— Où ils vont tous ces gens ?

— Aucune idée.

C'est très léché. Sinistre. Certains personnages sont déjà achevés. Je reconnais Karl Marx, M. Caribu, Cranach, Mme Honnête. J'y suis aussi, avec mon jean et ma queue-de-cheval.

— Tu n'as pas mis Violette ?

Je saisis le téléphone et cherche le numéro de la clinique qui doit être sur un bout de papier dans la poche où croupit mon chéquier. Non. Il est dans celle aux clés. Tout froissé.

— Elle y a été, Violette. Stéphanie aussi. Elles étaient derrière l'évêque. Puis je les ai remplacées par les soldats, là. Pour la couleur. C'est beau ce jaune, tu ne trouves pas ?

Je ne trouve rien. La peinture de Cranach ne me dit rien. Pas plus ce défilé macabre que les autoportraits de Cranach en soldat de l'Empire. Il y en a une bonne vingtaine. Ce fou s'est peint et repeint sous le même angle, avec le même sourire et des grades différents. Du simple grognard au général.

— Je vais peut-être me peindre en Napoléon. Tu sais, avec le petit chapeau.

C'est enfin libre. Je demande du regard à Cranach de mettre Vivaldi en sourdine.

Le docteur Nageoire n'est pas là ou ne veut pas parler, mais une dame très aimable répond à mes questions. Non, il n'y a pas lieu de s'affoler. Non, je ne peux pas parler à Violette puisqu'il n'y a pas de téléphone dans la chambre où elle est. Non, on ne va pas la « charcuter » puisqu'il ne s'agit que de stopper une hémorragie tout à fait bénigne. Non, Violette ne souffre pas. Non, elle n'a besoin ni de linge de nuit ni de quoi que ce soit. Non, il n'y aura pas de contrordre et je peux, comme convenu, venir la chercher à partir de huit heures trente demain matin. L'autre dame aussi va très bien. Oui, oui, oui, je peux rassurer son mari. Cette brève hospitalisation n'a été dictée que par la conscience professionnelle du docteur Nageoire. Oui, Monsieur, une femme exceptionnelle. Alors qu'il y a tant de charlatans et de...

Cranach, qui n'a pas perdu un mot de ma communication avec la clinique, sourit, rassuré.

— Violette en danger, ça me plaisait vraiment pas.

— Tu sais ce que j'ai décidé de faire, Cranach ? Je vais l'épouser.

Cranach allume sa pipe, tire quelques bouffées pour contrôler que c'est O.K. question tirage.

— Tu dis que tu veux épouser Violette ?

— Pourquoi pas ?

— Pour rien.

— Tu la connais depuis longtemps, toi, Violette.

— Ça fera sept ans en janvier. Quand je me suis installé ici, elle venait d'emménager.

— Avant moi, elle vivait comment ?

Cranach plonge derrière une table pour en resurgir avec une bouteille de vin blanc. Il va chercher un verre sur une étagère.

— Toujours allergique au muscadet ?

Je baisse le nez. Ça veut dire oui. Ça veut surtout dire que je n'ai pas l'intention de laisser Cranach détourner la conversation. La première véritable conversation que j'aurai avec lui, en fait. Jusqu'ici, nous n'avons jamais échangé que des banalités à propos de la pluie, du beau temps, ou des chats qui prennent l'immeuble pour une réserve à chats. Cette fois, je veux savoir des choses précises, sur un sujet précis : Violette, la vie de Violette avant moi.

— Il y a eu son mari, d'abord.

— Son quoi ?

— Quand j'ai connu Violette, elle était avec son mari. Un Américain. Plus grand que toi.

Plus grand ! Moi qui suis si fier de mon mètre quatre-vingt-dix.

— Dick... C'est le diminutif de Richard.

— Plus grand que moi ?

— Nettement. Et quand il est parti, il y a eu le danseur.

— Un danseur ?

— C'est lui qui m'a dit qu'il était danseur. Où ? Mystère. Il était frisé comme une chicorée et passait des jeudis entiers dans la cour à jouer au foot avec les enfants à Stéphanie. Il n'était pas tellement français non plus... Tu t'en vas ? Tu ne veux vraiment rien boire ?

Max n'est pas réveillé. Ses yeux sont clos. Il a posé ses lunettes par terre. Mais il a remis ses bottes. Curieux type.

Pas plus curieux que moi, qui vais fouiner dans les tiroirs de la commode. Je ne devrais pas faire ça. Cette commode, Violette ne l'ouvre jamais quand je suis dans la pièce. C'est de là qu'elle sort des foulards, des bijoux. Toujours quand je suis dans la cuisine ou dehors.

J'aime assez Violette pour vouloir en savoir plus.

C'est toujours déroutant, les tiroirs des autres. Et un peu dégoûtant. Même la reine d'Angleterre doit avoir un tiroir avec des vieilleries... l'unique rescapé d'une paire de gants étrennés à un bal d'Altesses, un programme, une fleur décolorée, une médaille désargentée, une carte postale vulgaire expédiée par un vague flirt...

Violette conserve énormément de foulards dont un de chez Hermès, redoutable de laideur. Elle a aussi des clés de valises. Une pleine boîte en fer. Et je n'ai jamais vu une seule valise ici.

Il y a des lettres. Adressées à Violette Perrier et à Violette O'Brian. Je ne vais pas lire les lettres, quand même. Il y a un cahier où sont collées des recettes de cuisine, des conseils pour conserver une peau claire, des yeux brillants, pour éviter les rides, pour faire échec aux engelures (avec du céleri... « On fera bouillir un pied de céleri et l'on prendra un bain »). Des photos. Violette petite fille — elle n'a guère changé — avec des dames, d'autres petites filles, avec un garçon qui lui ressemble. Violette toujours petite fille, en Bretonne sur une jetée. Violette jeune fille — là, elle a changé, la Violette de dix-sept ou dix-huit ans avait les joues rondes. Violette en robe du soir — décolletée, pas du tout son genre —, avec des hommes en smokings. J'ai déjà vu la tête de l'un d'eux quelque part. Violette et un seul homme. Dans une rue de Paris, dans une rue sûrement anglaise, sur une plage, dans un appartement meublé design. L'homme est très beau. Plus grand que moi. Sur la photo prise en Angleterre — à Londres ? — elle le mange des yeux. Sur une des photos en couleurs de vacances à la mer, il la tient par la taille. Il y a encore des tricots inachevés, des flacons de collyre, une boîte de dragées vide, un guide de Londres, un agenda mil neuf cent soixante-douze vierge, un Snoopy en caoutchouc, un chapelet, des poupées indiennes, un yoyo, une bille d'agate.

Et cachés sous une pile de mouchoirs indiens, plusieurs exemplaires du même livre : « Lily Saint-Nom, *L'escapade*, roman. »

Un livre vieux de cinq ans.

Au dos de la jaquette, il y a une photo de Lily Saint-Nom.

C'est Violette.

Max est réveillé. Max emplit toute la maison. Il va, vient, caresse un chat qu'il baptise Poil-defesse, renverse un vase de fleurs séchées, lance à un autre chat un croûton de pain en lui criant « rapporte » comme si c'était un chien.

— Tu es obligé de remuer autant ?
— Quand j'ai dormi, oui. Je suis un actif, moi. Une journée sans boulot et je m'étiole.
— Tu fais quoi comme travail ?
— Je loue des télés. Pas comme celles-ci. Des télés couleur, et qui ne tombent jamais en carafe.
— Elle est très bien, celle-ci.
— Si tu te contentes du noir et blanc, et si ça t'amuse de passer ton temps à appeler le dépanneur.
— Quand l'image disparaît sur une chaîne, on passe sur l'autre.
— Ben voyons... Si ça t'intéresse, je peux te faire avoir une...
— C'est le genre de dépense que nous n'envisageons pas. La télé, pour nous, c'est une boîte à images. Un gros jouet. Telle quelle, elle fait très bien l'affaire.

— Je ne disais pas ça pour te vendre quelque chose. Au contraire.

— J'avais compris.

— Et toi, tu fais quoi ?

— Rien... j'ai écrit des chansons il y a quelques années. Des paroles. Sur le moment, il y en a eu deux qui ont marché très fort. Il y a encore des droits d'auteur qui tombent. De moins en moins.

— C'était comment comme chansons ?

— Ce qui se fait de pire. Pas très éloigné des sucreries américaines qu'on entend dans ta voiture.

— Musique d'ambiance. On l'écoute pas. Mais, si ça joue pas, ça manque.

— Ouais. J'ai fait des tas de métiers. Garçon de café. Marchand de bouquins. Décorateur. Imprésario. J'ai même joué dans des films.

— Mon rêve.

— De petites histoires tournées par des petits metteurs en scène avec de petits budgets. Je jouais surtout les gangsters, les tueurs... Tu sais, le grand en imper qui va à petits pas d'artiste rôder dans les bars louches entre chien et loup. J'avais un trench-coat grandiose. Anglais. Sur mesure.

Et tout ça n'a aucune espèce d'intérêt.

Max, qui s'est enfin assis, me toise avec méfiance.

— En gros, t'es un intellectuel.

— Si un intellectuel est un type qui s'intéresse plus aux bouquins qu'aux bagnoles et à Hemingway qu'à Nixon, oui, c'est ça que je suis devenu. Pas un intellectuel à diplômes et à lunettes, mais...

— On peut avoir des lunettes seulement parce qu'on n'y voit pas à un mètre.

— On ne va pas se chicaner pour ça. La jalousie, tu connais ?

— J'en crève.

— Toi, c'est une Gaby. Moi, ce sont les gens qui ont étudié (je ne dis pas lu, je dis : étudié) Freud, Marx, Spinoza, Kierkegaard, ... Tu lis, toi ?

— Non. Pas le temps.

Je plonge, je cueille une pomme sur la table basse et je m'installe sur le tapis en coco, jambes allongées, et Dieu sait qu'elles sont longues. Que ce cher Max me laisse tranquille un moment. Besoin d'y voir un peu clair. La pomme est acide. Comme Violette les aime. Et le cow-boy qui loue des télés n'a pas une minute à perdre avec Hemingway, Miller ou l'Ecclésiaste. Et je suis un intellectuel. Pas que ça me plaise. Mais à quoi bon nier : un type de bientôt cinquante ans qui survit parce qu'il a écrit *Belle belle bella Belinda* et *Si tu m'aim' dis yeah !* pour l'idole yéyé Loulou Herzégovine et qui cavale après la machine à écrire qui lui permettra de devenir le nouveau Miller est un intellectuel.

Un intellectuel doublé d'un jobard.

Parce que, cette histoire de bouquins dans le dernier tiroir de la commode...

Max me surplombe, une cigarette au bec.

— Tu sais de quoi tu as l'air, allongé comme ça par terre ?

— D'un jobard, Max !

J'ai expédié Max au diable. Qu'il rapporte de quoi faire un plantureux dîner, qu'il achète de quoi manger à en éclater. Je lui ai donné le grand panier et des sacs en plastique en prime. Qu'il aille à Mouffetard, à Rungis, aussi loin qu'il pourra. J'ai besoin d'être seul. Seul pour lire.

L'escapade. C'est l'histoire d'une jeune fille blonde aux joues aussi pleines que la Violette des photos de ses dix-huit ans. Pour l'écrire Violette est devenue Lily Saint-Nom, mais l'héroïne du livre est une Violette. Une Violette née dans les beaux quartiers — lycée La Fontaine, patinage à Molitor, cours de danse chez une vieille Russe de la rue de Passy qui tapait sur un Pleyel désaccordé en braillant à ses élèves de « rentrer leurs popos ». Une Violette qui allait deux mois par an à Cambridge pour y apprendre l'anglais de Cambridge.

C'est très joliment écrit et assez cruel. Il y a de la haine. Haine pour les condisciples de La Fontaine, les professeurs, haine pour le père, la mère surtout. Une mère qui sentait la naphtaline dix mois par an et l'ail les deux mois qu'elle passait à dorer son gros ventre sur le même petit carré de sable de la plage la moins souriante de la Côte d'Azur. Une mère qui achetait des souris blanches à la Samaritaine pour les offrir à son bouledogue qui en était friand. *L'escapade,* c'est le départ de l'héroïne qui, sans prévenir personne, file pour l'Amérique. C'est très beau sa découverte de New York un jour où les enfants ont fabriqué des lanternes à bouches et à yeux avec des citrouilles. Violette n'a déjà plus un sou le soir de son arrivée et elle doit s'engager comme baby-sitter. Puis Violette gagne sa vie à New York. Un photographe nommé Léo Bloom la fait poser en « petite Française », avec pour tout vêtement, un T-shirt bien short orné d'une tour Eiffel. Un certain Gino Bolzani l'invite à manger un osso-bucco et tente de la violer. Un certain Sean qui crée des modèles de chaussures n'a pas besoin de tenter de la violer. Tout se passe très vite et très bien. Sean est un grand, très grand blond. Son nom se prononce Chône, il dirige une boîte dans la Neuvième Avenue et fait connaître à Violette des gens très intéressants. A commencer par une certaine Cindy qui balade Violette dans Greenwich Village et lui apprend à se rouler des joints. Il y a encore la description d'un dîner chez un Américain au nom polonais qui bavarde avec Chopin en faisant tourner des tables. Et un voyage au L.S.D. Et un voyage en métro avec des Noirs vêtus de rose qui traitent un flic blanc de pédé. Et ça se termine très mal pour les Noirs. Puis Violette revient en France. Sans Sean. Parce que la Violette du livre a découvert que Sean a un petit ami qui s'est juré de la tuer.

Un bon bouquin.

Drôle. Nerveux.

Lily Saint-Nom a du talent. Beaucoup de talent. Elle ne dit pas que Sean est devenu le mari de Violette.

Ni pourquoi ce livre fut le premier et le dernier.

A moi maintenant de chercher réponses aux devinettes. Et d'encaisser.

Quel besoin aussi d'aller poser des questions à Cranach, d'ouvrir ce tiroir !

Je vais mettre des siècles à digérer ce bouquin, ce géant blond au nom irlandais. Sans oublier le danseur qui était frisé comme une chicorée.

Si j'avais pour deux sous de jugeote, je profiterais de la voiture de Max pour m'en aller aussi loin que possible des Gobelins.

La Porte de Saint-Cloud pourrait faire l'affaire. Ou la Défense.

Je n'ai pas pour un sou de jugeote.

Je vais m'asseoir et attendre demain matin. Et demain matin, j'irai chercher Violette à la clinique. Pour l'épouser.

Et je n'écrirai jamais de beaux livres comme Miller — ou qui vous voudrez.

Si Violette a cessé d'écrire, c'est qu'écrire n'est pas une bonne chose.

5

— Tu prends la clé dans la poche de mon blouson et tu montes.

Cranach a trop de chats sur le ventre et trop de bière dans le ventre pour faire le moindre geste. Il est sous le charme de Max qui lui raconte ce que sa Gaby lui a raconté.

— L'amour. Sans un mot. Oui monsieur. Dans un hôtel pas bien reluisant. Boulevard Sébastopol.

Je monte téléphoner.

Un chat me suit. Pas celui qui a l'air d'être le fils de la chatte Violette. Un autre. Son sosie... s'il avait toutes ses pattes! Il n'en a que trois. La quatrième a dû rester une nuit de bataille sur le terrain vague derrière la Manufacture. Trois pattes c'est peu pour monter des escaliers. Je saisis le bestiau par la peau du cou. Il ronronne aussitôt. Une bonne nature.

Quand je le pose sur la moquette de l'atelier de Cranach, il cesse de ronronner. Il regarde les tableaux sans enthousiasme, va renifler une plante verte en plastique.

La femme qui me répond a une voix « de nuit », une voix pour les urgences. Je la rassure : rien de grave à lui signaler. Simplement, un service à lui demander.

— Il faudrait faire une commission à une demoiselle qui est chez vous. Mademoiselle Perrier.

— Vous savez l'heure qu'il est ?

— Il est une heure du matin.

— Si vous le savez, il est inutile, je pense, que vous...

— Soyez brave. Ne me forcez pas à m'énerver. Je vous demande, poliment, le plus poliment possible, de me rendre un service.

— Dites toujours lequel.

— Cette demoiselle Perrier qui est chez vous, elle n'y est pas venue de gaieté de cœur. En plus, les choses se sont passées moins bien que prévu.

— C'est trois fois rien... On vous l'a dit : une petite hémo...

— Je sais. Mais... Quand elle se réveillera, je voudrais qu'on lui dise quelque chose.

— Si elle se réveille et qu'elle sonne... Parce que les malades, je ne sais pas si vous êtes au courant, mais on les laisse dormir autant qu'ils peuvent. Et votre demoiselle Perrier, justement, elle dort comme un vrai petite ange. Tout le monde dort ici, à part moi. Je viens de faire mon tour. J'ai deux dames, trois chiens, un perroquet et une guenon qui dorment bien gentiment.

— Qu'elle dorme. Qu'elle dorme beaucoup. Mais si, par hasard... Je voudrais qu'elle sache que Peppo a décidé de l'épouser.

— Peppo ?

— Oui. Dites-lui que Peppo veut se marier avec elle. Elle comprendra.

— Si vous aviez cette idée-là, ce n'était peut-être pas la peine qu'elle vienne ici.
— C'était sûrement la peine. C'est toujours la peine.
— Pardon ?
— Rien... Simplement, si elle vous appelle...
— Compris. « Peppo veut l'épouser. » En gros, c'est comme une demande en mariage.
— Oui.

Une demande en mariage à une heure passée, dans l'atelier du peintre le plus mélancolique du treizième arrondissement. Avec même les témoins d'usage. Deux témoins. Une infirmière ou gardienne dont je ne connaîtrai sans doute jamais que la grosse voix plutôt rassurante et un chat à trois pattes.

Celui-là ne fait pas officiellement partie de la meute à Violette. Et si je l'adoptais ?

— Je vais t'adopter, vilain ratapoin. D'accord ?

Le chat abandonne la plante en plastique pour venir frotter son front contre le bas de mon jean. Donc c'est oui.

Il a le front têtu et pelé.

Dans peu de temps, ce chat sera chauve. Complètement.

C'est pourquoi je décide de l'appeler Henry Miller.

Ils ont envahi la maison de Violette. En plus de Cranach qui copine avec un Max enfin débarrassé de ses inquiétudes au sujet de son épouse infidèle (parce que fin saoul), il y a Stéphanie et deux amies à elle. Belles. Les amies de Stéphanie sont toujours belles. Et longues, et vêtues de robes comme en portaient les dames de l'Ouest américain pour danser les jours où les Indiens et leurs bourreaux faisaient la trêve.

Stéphanie et ses amies revenaient du cinéma et elles ont vu de la lumière dans la maison de Violette.

— Qu'est-ce que c'est que cet affreux chat ?
— Affreux !!! C'est Henry Miller.
— Ce vieil Américain qui a écrit des choses si répugnantes.
— Oui. C'est un chat qui écrit en anglais.

La belle dame qui n'aime ni le vrai Miller ni le mien qui n'a que trois pattes est une Martine, et Stéphanie s'empresse de la traiter de tous les noms parce qu'elle sait, elle, que les livres de Miller sont tout ce qu'on veut sauf répugnants.

— Si vous tenez vraiment à parler littérature...
— Oui ?

— Tu le savais, toi, que Violette a écrit un livre ?

— Naturellement.

Donc tout le monde connaît Violette mieux que moi. Il faut que je parle avec Stéphanie. Dans la cuisine.

— Le mari de Violette, le danseur de Violette, ils étaient comment ?

— Tu ne crois pas que ça serait plutôt à elle de te le dire ?

— Violette est dans une clinique. Et elle dort.

— Ça ne peut pas attendre demain ?

— Non, Stéphanie. Quand je la retrouverai demain matin, elle saura déjà que j'ai décidé de me marier avec elle. J'ai chargé une infirmière de lui faire ma demande. Chic, non ?

— Quand je disais que nous irions bientôt à la noce.

— Son mari, elle l'aimait ?

— Naturellement.

— Elle l'avait connu là-bas ?

— Là-bas ?

— En Amérique. J'ai lu son bouquin. Il y en a une pile dans la commode.

— Violette n'a jamais mis les pieds en Amérique. Ni au lycée La Fontaine. C'est un roman, figure-toi. Si tu veux vraiment tout savoir, son lycée, c'était Jules-Ferry.

— Jules-Ferry ?

— Place Clichy. On ne le remarque pas à cause des cinémas, des restaurants. Mais il y a un lycée place Clichy.

— La mère, le père, c'est aussi du roman ?

— Violette a eu un père et une mère comme

tout le monde. Mais... Pour lui faire dire la tête qu'ils avaient... Faudrait être de la police et lui braquer une lampe dans les yeux... Et même comme ça...

— Son mari, tu l'as connu ?

— Aussi bien que je te connais toi. Il avait ta taille. Il était peut-être même un peu plus...

— Ça, je sais. Un géant ! Le merveilleux géant comme on en voit un tous les dix ans à La Coupole. Et encore.

— Un très beau mec. Le beau, le très beau Juif, si tu vois ce que je veux dire.

— D'accord, Stéphanie ! D'accord ! Je suis le minable petit avorton qui arrive après Paul Newman.

— Un peu ce genre-là, c'est vrai.

— Et il faisait quoi ?

— Il écrivait.

— Des bouquins formidables, bien sûr !

— En tous les cas, pas des bouquins comme on en écrit ici. J'en ai lu deux. Pas traduits. A l'époque, aucun de ses livres n'avait été traduit. C'était très chouette. Des histoires qui parlaient autant des rivières ou des forêts que des gens. Il était né dans une cabane. Et il avait un opossum qui dormait avec lui.

— Oh ! Stéphanie ! Tu me racontes quoi, la vie de Jack London ?

— La vie d'un homme qui a rendu Violette très heureuse, Peppo. En dehors de la bière de ton invité, il y a quoi à boire ?

— Rien. Ou le lait que les chats ont laissé.

— Ça te fâche, ce que je t'ai dit ?

— Je suis très très amoureux de Violette.

131

— Elle aussi est amoureuse de toi.
— Oui, mais j'arrive après Gary Cooper.
— Paul Newman. On a dit : Paul Newman.
— Pourquoi ça a cassé ?
— Ça... Un jour on ne l'a plus revu et Violette a commencé à collectionner des chats et à dire oui quand on lui proposait un verre. Du temps de Dick, elle ne buvait pas une goutte d'alcool.
— Et le danseur ?
— Une folle. Ils dormaient dans le même lit mais il ne s'est jamais rien passé.
— C'est Violette qui te l'a dit ?
— Il n'était que pédé. Note que ça n'empêchait pas Violette d'être dingue de lui.
— Dingue d'un pédé ?
— Tu connais l'histoire du fermier qui couchait avec une pintade ?
— Non. Et je m'en fous.
— Violette est beaucoup plus calme depuis que tu es là.
— Après Newman et la folle !
— Si tu cherches vraiment à avoir le cafard, je peux aussi te parler du peintre espagnol. Aux Baléares. Une des rares confidences que Violette a consenti à me faire. Elle avait dix-sept ans et...
— Tu es gentille, Stéphanie... Tu laisses tomber.
— Je l'ai gagné, mon verre de bière ?

Un tonneau, Stéphanie ! Tu as mérité un tonneau d'excellente bière. De la brune, Stéphanie. Epaisse à couper au couteau et anglaise.

Anglaise comme Barkis.

Barkis ? Dans *Copperfield*, je crois. Un type qui, comme moi, règle ses problèmes matrimoniaux par personne interposée. Il charge je ne sais plus quel personnage de dire à la dame de ses pensées que Barkis est consentant.

Barkis est consentant.

Peppo aussi.

Bien que déboussolé à mort, j'ai l'honneur de demander officiellement à Mlle Violette Perrier de me faire la joie de devenir mon épouse. Violette Perrier ou Lily Saint-Nom ? Les deux, je les prends toutes les deux. Et aussi Violette O'Brian si Paul Newman a omis de divorcer. Pour être aussi grand que ça, il ne devait pas être seulement juif. O'Brian n'est pas un nom juif. Alors ce serait la maman. Et ce gros malin mettait des rivières et des forêts dans ses livres ! J'ai lu quelque part que les Français ne savent pas, ne savent plus faire ça. Sonder les âmes, faire dans la finasserie psychologique, oui. Mais pas décrire un orage, une tornade, un déluge, un typhon, un cyclone, un maelström. Même pas une prairie avec des vaches qui ait l'air d'une prairie avec des vaches. O'Brian, lui, savait. A tu et à toi avec les nuages, avec les vents, O'Brian! Sûr aussi qu'il baisait mieux que moi.

Et me voilà pris d'une envie terrible de voir des nuages, de sentir souffler le vent. Mon royaume pour un orage! Je sors sans un mot pour Stéphanie, ses belles amies et Cranach et Max-le-cowboy qui leur explique *pourquoi* il y a des images sur les écrans des récepteurs télé.

Henry Miller m'emboîte le pas.

Je sens que je vais l'adorer, ce minuscule trois-pattes.

Pour lui, je ralentis.

Mon premier chat, c'était Mickey. Tout ce que je sais encore de lui, c'est qu'il s'est fait écraser sur la route qui allait de Chartres à Paris et qui traversait le village de ma grand-mère. Nous étions sortis pour voir passer le Tour de France et il s'est fait écraser.

Il y a deux trois nuages au-dessus de l'impasse Neuritron et sûrement du vent puisqu'ils s'éloignent de la lune. Une lune pâlichonne.

— Tu viens?

Henry Miller me rejoint. Il ronronne.

Et puis il y a les étoiles. Il faut que j'en voie au moins une chaque nuit. Sinon, je crois que ce sont ceux qui prétendent qu'ils ne croient pas en Dieu qui ont raison.

Je voudrais que Violette n'ait aimé personne avant moi.

Même la folle qui a partagé son lit me tracasse.

Je voudrais un monde net, lisse. Un monde d'avant tous les péchés. Un monde où Violette aurait l'âge qu'elle a. Je n'ai pas le culte des nymphettes. J'ai failli coucher avec une Lolita. Ses fous rires, sa prétention, m'en ont empêché. Elle croyait, cette petite gourde, que ses maladresses, ses seins sans poids, étaient un trésor. C'est l'âge de Violette qui est le bon. Et son visage, son corps, ses manières sont exactement le visage, le corps et les manières qui conviennent à une Violette qui va devenir la femme de Peppo. Ce sont seulement ses souvenirs qui empêchent le monde où je vais vivre avec elle d'être net et lisse.

Je n'aurais pas dû fouiner, tirer les tiroirs de la commode.

Maintenant, j'en sais trop. Et pas assez.

Si ce livre est bien un roman, a-t-elle inventé l'Amérique avant ou après s'être mariée avec un Américain ? Et pourquoi ce livre ? Et pourquoi plus de livres ?

Henry Miller m'a abandonné. Ou mes questions l'agacent ou il a trouvé un rat.

Il y a des rats impasse Neuritron, avenue des Gobelins. Il y a des rats partout. Un par habitant, disait mon père. C'est lui qui m'a donné ce goût que j'ai de dire bonsoir aux étoiles avant de me mettre au lit. Il n'était pas né dans une cabane mais c'était quand même un homme de la campagne. Un Italien. Le père de mon père — un nono à moustaches de brigand — possédait un petit bout de terre dans le Piémont. Si petit qu'il avait trop de fils pour le moissonner. Alors, le onzième des garçons de mon nono s'est laissé mourir d'une maladie des poumons. Puis le dixième est parti en Amérique et personne n'a plus entendu parler de lui. Mon père était le neuvième. Il est venu en France pour y faire la vendange une année où le bordeaux était fameux. Et il a appris à reconnaître les crus. Puis à touiller le béton. Et ça s'est mis à être la mode du béton. Et il est devenu M. Zeffirini. Et tous les Italiens qui étaient les neuvièmes fils d'un nono père de onze enfants venaient à Paris en sabots pour travailler avec Zeffirini. Et mon père fumait des cigares toscans qui faisaient tousser ma mère. Et il s'ennuyait si fort dans le bel appartement de la rue Traversière qu'il disparaissait souvent. Et tant pis pour les affaires!

Je crois que ce chat n'est pas bien beau. Que l'amie de Stéphanie qui a dit qu'il était affreux disait vrai. Je crois que ce chat sera à moi aussi longtemps que nous vivrons lui et moi.

— Tu tiens absolument à passer sous les roues d'une voiture? Non. Alors, viens dans mon blouson.

Au passage je l'embrasse là où il devrait avoir sa quatrième patte. C'est doux et chaud.

Il me griffe sans méchanceté à travers mon T-shirt.

C'est bien que l'hiver soit pour bientôt. Une nuit digne de ce nom doit être froide. Et blanche.

Je n'ai pas de cigarettes. Tant mieux. Je respire fort le froid de la nuit. Quand nous croisons une auto ou une moto, Henry Miller s'écrase contre ma poitrine. Je lui inspire confiance. Tant mieux.

Je marche à bons pas.

Si je remonte aussi vite le boulevard de Port-Royal, c'est que j'ai une idée dans la tête. Je me connais. Quelle idée ?

Il faut que je fasse le tour de La Coupole. Le grand tour.

Une fille à chevelure de méduse salue Henry Miller en allemand. Je remonte ma fermeture Eclair. Les têtes n'ont pas changé depuis que j'hiberne chez Violette. Les agitateurs sud-américains sont fidèles au poste. Les cinéastes newyorkais aussi. Ils mangent de la choucroute avec des poules plus sublimes que jamais. L'une d'elles a les cheveux verts et la bouche verte. Le Chinois (ou Vietnamien) à qui j'ai prêté cinq cents francs lit un journal. Il me sourit. Mike a toujours un anneau d'or à son oreille. Un gros en tweed que je n'ai jamais vu — ça pourrait bien être un Anglais — a Faustine et un autre mannequin à sa table. Faustine fait celle qui ne me voit pas. Je sens Henry Miller qui s'énerve. Si j'étais un vraiment gentil papa, je m'assiérais et lui commanderais un merlan frit.

Mais je suis venu ici pour contempler une bonne fois des écrivains juifs et américains. Pas pour souper.

Ce type avec qui j'ai failli me battre une fois à propos de Beethoven qu'il « met au-dessus de tout », il écrit et il est juif. Mais de Berlin. Et il a cent ans. Et le mari de Violette était jeune.

Alors, celui-là ?

Il a une chevalière au petit doigt de la main droite et elle est immense, cette main aux ongles soignés. Il a tombé la veste, il est beau, il a posé un crayon à gomme à côté de son assiette de curry, il boit du vin bouché — en connaisseur ! —, il parle très fort, et la fille qui l'écoute rit pour lui seulement. S'il se levait il serait — c'est gagné d'avance — aussi grand que moi. Alors ?

Un Noir me donne une grande bourrade dans le ventre. Doucement ! Tu vas estourbir Henry Miller, Oncle Tom !

C'est Ben.

Un garçon épatant qui a connu Mingus et qui joue du piano dans les boîtes. Nous avons partagé un studio, Ben et moi. Il me faisait mon horoscope toutes les nuits en rentrant de travailler. Des horoscopes encore plus épatants que lui. Chaque jour était mon jour de chance — à condition, bien sûr, que je sache la saisir.

— Et je n'ai jamais su, Benjy. Jamais.

— Tu es parti sans me dire au revoir, faux frère. J'ai encore un chapeau à toi. Et des livres. Cent fois j'ai failli porter tout ça chez un brocanteur.

— J'étais certain de t'avoir téléphoné.

— Et tu ne l'as pas fait. Tu es parti pourquoi ?

— Pour aller vivre avec une fille.

— Elle en valait la peine ?

— Non. Mais celle avec qui je vis maintenant en vaut sacrément la peine. Je vais me marier, Benjy.

— Je croyais que tu l'étais.

— Je vais divorcer et me remarier.

— Alors là, mon pote... Tu sais qui j'ai vu débarquer le mois dernier ? Une fille. Une fille avec de ces cheveux... Bon Dieu ! Même la grand-mère de la grand-mère de ma grand-mère, qui devait vivre dans la brousse en Afrique ou quelque part par là, en avait sûrement pas des comme ça... Des cheveux tellement longs et crépus que c'est à peine s'ils peuvent passer par les portes.

— C'était qui ? Angela Davis ?

— Pire que ça, mon vieux. Cette sauvage qui a débarqué en pleine nuit dans la piaule où tu as cuvé tellement de cuites, c'était ma propre fille. Avec des cheveux encore plus dégoûtants que les tiens. Pourquoi tu te coiffes comme un pirate, avec cette queue pas possible ? Pour faire jeune ?

— Dis-moi plutôt comment, toi, tu t'es mis à avoir une fille ?

— J'ai toujours eu toute une famille à Atlanta... Mais j'avais jamais pensé à calculer l'âge que pouvaient avoir mes gosses... Oh ! Qu'est-ce qui bouge dans ton blouson ? Il a toutes ses pattes, ce chat ?

— Non.

— Je me disais aussi...

— Elle a quel âge, ta fille ?

— M'en parle pas. Elle a vingt ans et elle a pris l'avion pour venir à Paris écrire une vie de Gabriel Fauré... Gabriel Fauré, mon pote ! Paraît qu'il est très connu à Atlanta... Elle t'a remplacé sur le divan et elle siffle *Pelléas et Mélisande* et des cochonneries comme ça en prenant sa douche !

On est assis, Benjy, Henry Miller et moi. Ils mangent des merlans et moi des frites et de la salade. Henry Miller lèche les arêtes avec application. Un maître d'hôtel se penche sur moi parce qu'il tient à me faire savoir que, petit a, La Coupole n'est pas une ménagerie et que, petit b,...

A priori, Ben est contre le petit b.

— Tu sais ce qui va t'arriver si tu fermes pas tout de suite ta sale gueule ?

Le maître d'hôtel passe la main. Qu'on crève, le Nègre, le chat et moi ! Il est à deux mois de la retraite. Alors qu'on crève. Nous et tous les Juifs, Nègres, tantes, Amerlots ! On peut bien amener des lions bouffer avec nous, des crocodiles, des léopards, des cochons ! Dans deux mois, il sera les pieds dans ses pantoufles dans un patelin où il n'y a jamais eu, il n'y a pas, et il n'y aura jamais de Nègres, Juifs et pédés. Et il pêchera des merlans deux fois gros comme ceux-ci qu'on est assez cons pour payer le prix qu'on les paie.

Ben se demande où peut se nicher ce patelin de rêve.

— Pour dire autant de conneries, faut qu'il soit auvergnat. Mais les merlans, en Auvergne...

Ben est parti pianoter. Henry Miller dort dans mon giron. Je suis assis face à un jumeau de Paul Newman. Pour faire vraiment la blague, il faudrait qu'il consente à enlever ses lunettes.

— Désolé, mais sans lunettes, je ne vois pas mon verre.

Un verre de chiroubles. Mon verre à moi aussi est plein de vin. Et je le porte à mes lèvres et je bois.

Mettons que j'enterre ma vie de garçon.

— Alors, je peux savoir pourquoi vous teniez absolument à m'offrir cette bouteille ?

— Parce que vous êtes beau.
— Vous êtes pédéraste ?
— Non.
— Alors ?
— Je suis amoureux d'une fille qui a été amoureuse d'un type comme vous.
— Un Américain ?
— Ouais. Et Juif.
— Je suis adventiste. Je peux boire quand même ?
— C'est quoi exactement, un adventiste ?
— Il faudrait que ma mère vous explique. Elle

143

sait tout sur cette blague de religion et sur son fondateur, il s'appelait Miller. Miller comme Henry. Mais c'était William, lui. Il avait prévu que le Christ reviendrait en mil huit cent quarante-quatre. Il est mort en quarante-neuf. Mais ma mère y croit si fort qu'elle m'a obligé à me faire baptiser le jour de mes dix-huit ans. On m'a plongé dans l'eau boueuse d'un étang. Ces salauds ont failli me noyer. Une femme détestable, ma mère.

— Et vous écrivez.

— Je dicte. Au téléphone. Tout se passe par téléphone. Il y a une fille, à New York, au journal, qui pige parfaitement tout ce que je dis. Même à toute allure. Même si je suis ivre mort. Je n'ai jamais vu sa tête. Je dis : passez-moi Kate et on me la passe et je dicte. Et quand je lis la saloperie de journal qui me fait vivre, je suis toujours émerveillé. En gros, ça ressemble à ce que j'ai dicté. Mais c'est beaucoup, beaucoup plus poétique. Si vous voulez me croire, cette Kate a un talent fou. Une femme dans le genre de Margaret Mitchell ou Emilie Dickinson. C'est merveilleux. Vous lui parlez trois minutes de Malraux ou de Giscard, et vous retrouvez dans le journal trois colonnes si émouvantes qu'on dirait que c'est du Melville.

— Ça intéresse les Américains, Malraux, Giscard ?

— Rewrité par Kate, oui. Vous liriez ce qu'elle a fait de la mort de Pompidou... Du Sophocle, mon vieux. Ma mère, qui ne manque pas un numéro de ce canard stupide, m'a télégraphié pour me féliciter pour cette oraison funèbre.

Parce que c'est moi qui signe. Pas Kate. Pas l'admirable Kate. Vous savez ce que je me dis parfois ? Que Kate est un ordinateur.

Ce Paul Newman à lunettes est sûrement beaucoup, beaucoup plus humain que le vrai. Mieux sûrement aussi que cet enculé de Brian ou O'Brian qui a...

J'ai dit « enculé » ?

C'est le vin. Trois ans sans boire et, cette nuit...

Mes grossièretés de bouche et de cœur étaient restées dans le fond de ce dernier verre chez Séraphin. Un spécimen intéressant encore... Séraphin des Editions Séraphin. Un petit homme décoré et ballonné de partout qui avait toujours un des coins du col de sa chemise en goguette. Logique : il lui fallait absolument mâchonner une baleine de col. Tout le temps. Même en mangeant. Même quand il vous parlait. Héritier d'une imprimerie que son père s'était arrangé pour faire confisquer à un certain Lévy en quarante-trois, officiellement éditeur d'un mensuel destiné à apprendre la grammaire française aux Malgaches et Guadeloupéens et du Bulletin de plusieurs paroisses disparues faute de pratiquants, Séraphin fabriquait des publications pornographiques que, dédaigneux des kiosques qui « vous bouffent tous », il faisait écouler à la main par de faux étudiants. En dehors de la douzaine d'ivrognes qui faisaient rouler l'imprimerie, le personnel des Editions Séraphin se composait de Séraphin, d'une Mme Séraphin qui avait débuté dans la vie en montrant ses seins sur la scène du Concert Mayol, d'un ex-instituteur ayant pris le maquis à Montmartre à la suite d'une affaire tellement déshonnête qu'elle avait été jugée à huis clos et d'un photographe si bien rompu aux traditions de la maison qu'il ne photographiait jamais une fille qu'après l'avoir copieusement saoulée. Pratique qui permettait de ne pas verser de salaire à ces demoiselles. C'est rue des Martyrs, dans l'appartement-bureau-studio de Séraphin que j'ai bu ma dernière goutte de raide. Du gin-rhum. Ce que Séraphin avait trouvé de plus économique et de plus efficace pour anéantir les filles la plupart du temps ravissantes, toujours émouvantes — au moins pour moi — qui acceptaient de se déshabiller devant l'immonde Séraphin et son immonde photographe dans un rez-de-chaussée fleurant le vieux pipi et la fondue bourguignonne. A la suite d'une intervention chirurgicale consécutive à l'avalage d'une baleine de col, Séraphin avait de tels problèmes de digestion qu'un médecin lui avait conseillé de ne se nourrir que de viande et de fractionner ses repas. C'est pourquoi dans la pièce principale de l'appartement-bureau-studio, il y avait de l'huile qui bouillottait à longueur de journée sur un réchaud de camping. C'est pourquoi, tout en vaquant, Séraphin piquait avec sa baleine de col de petits bouts de viande bien saignants dans une assiette posée à côté de son téléphone pour les tremper dans l'huile.

L'enfer est peut-être un lieu plus rebutant que le siège des Editions Séraphin, ce n'est sûrement pas un lieu aussi dégueulasse.

Je l'avais rencontré dans un snack, Séraphin, une nuit où, ayant touché le fond, j'envisageais le pire — comme me faire flic ou agent immobilier — pour manger.

Son instituteur dépravé et déchu pour cause d'inconduite notoire ayant récidivé et repris le maquis dans un autre quartier, Séraphin cherchait quelqu'un sachant écrire pour légender les photos de ses navrants albums « artistiques ». Je savais assez bien écrire pour Séraphin. Il y a de sots métiers ! Je sais de quoi je parle. Séraphin m'installait dans sa chambre-studio sur un édredon crapoteux entre deux pin-up cuvant leur gin-rhum, entrailles aux vents, et il me tendait une liasse d'instantanés de gentils petits derrières, de mottes surgissant de flots de dentelle, de volants de nylon... Même M. Kodak n'en serait pas revenu de voir qu'on pouvait faire des choses pareilles avec une bobine vingt-quatre trente-six ! Et mon ordure de Séraphin me suppliait de trousser au dos de chacune des photos une petite légende plaisante, sans fautes surtout (sa hantise, les fautes), aussi parisienne que possible et qui puisse laisser croire à l'éventuel lecteur que les propriétaires de ces croupes, de ces chagattes (il disait chagattes, ce fumier, je le jure) étaient des personnes de la meilleure société. C'était important. « Faut bien vous dire une chose, Peppo, le type qui s'achète un bouquin de fesses, s'il croit que ce sont des fesses de femmes très élégantes, de vedettes, d'hôtesses de l'air, il va bander deux fois plus. Et nous sommes là pour faire bander. Un lecteur qui n'a pas bandé est un lecteur perdu ! » Emulé par ces fortes paroles, je troussais des légendes. Attribuant telle paire de fesses agréablement rebondies à « l'épouse d'un des plus grands noms de la scène politique française », telle autre à « la plus jeune des deux filles de la souveraine d'un royaume que seule une mer sépare de la France »... Séraphin raffolait de mes trouvailles. Il me trouvait un style « naturellement bandant ». A l'en croire, j'avais le don. Il me le disait et redisait en fourrageant dans sa marmite d'huile à la recherche d'un bout de viande morte et archi-frite. Séraphin me rappelait la longue cohorte d'employeurs pour qui j'avais exécuté des travaux d'écriture « à façon »... vanté en alexandrins de douze, treize ou quatorze pieds, les vertus d'un savon qui ne moussait pas, chanté les louanges d'un détartreur de cabinets sur l'air de *la Truite*, réduit à dix épisodes de cinq minutes *les Frères Karamazov* pour la télé canadienne, plagié le tube de la semaine pour une firme de disques, francisé des ballons de bandes dessinées américaines traduites en petit-nègre par un Hongrois émigré à Montréal... On peut faire les pires cochonneries avec un stylo. Si on savait comme je me méfie du mien. Un très beau, pourtant. Un Aurora garanti dix ans et que je tiens d'une dame fort avenante. C'est pour ça que, chez moi, l'idée de devenir un vrai écrivain s'est toujours assortie de l'idée d'avoir une machine !

Donc Séraphin était content de mes gribouillis. Ce n'est pas compliqué : il trouvait certains de mes petits textes si émoustillants qu'il finit par les publier *sans photos*. Sans photos et sans me le dire. Une nuit, par hasard, en allant écrire dans les waters — le coin de cet enfer qui sentait le moins violemment la fondue bourguignonne —, je suis tombé sur un exemplaire d'un petit livre à onze francs entièrement écrit par moi, mais attribué à une certaine Rosy Rosette. Rosy Rosette, c'était le nom de théâtre de la sémillante Mme Séraphin. Bien sûr j'ai protesté, réclamé de l'argent. Et beaucoup. Là, il a été splendide, l'éditeur. Mirobolant.

Il m'a annoncé que « si je le faisais chier, il me donnait à la police ». A quelle police ? A la vraie. A des amis à lui. Des Corses qui surveillaient de très près les trafiquants de matériel pornographique. Des messieurs qui m'avaient à l'œil. Ça, il pouvait me l'affirmer. Ils avaient mon nom, mes coordonnées. Ma photo même. C'était lui qui la leur avait donnée. Une photographie prise par sa salope de photographe sans que je le sache. Parce qu'il voyait venir le moment où j'allais le raquêter, lui réclamer de l'argent. De l'argent, il ne disait pas qu'il ne m'en devait pas. Seulement, il ne voulait pas me le donner. D'abord, il n'en avait pas. Pas un sou. Rien. Et puis si. Il en avait. Il en avait, de l'argent, mais pas pour moi. Cette idée de bouquin, c'était lui qui l'avait eue. Pas moi. C'était écrit par moi, et après ? J'avais des preuves ? Oui. J'en avais. Des brouillons. Bon. D'accord. Très bien. Parfait. J'avais qu'à lui faire un procès. Aucun avocat n'accepterait de défendre un saligaud qui écrivait des horreurs tombant sous le coup de la loi. Aucun. Je l'avais dans le cul ! Ah ! ah ! ah ! Séraphin riait. Il brandissait une rognure de mouton ruisselante d'huile, il foutait de l'huile sur son téléphone, sur ses papiers et il riait. Je ne toucherais jamais un rond sur ce petit livre qui se vendait très très bien.

Jamais. Pas un vieux franc. Rien. Et c'était salement bien fait pour moi. Parce que j'étais une merde ! Une merde qui avait le don, mais une merde ! J'avais accepté de travailler pour ce salaud un peu pour manger et beaucoup pour envoyer à mon épouse abandonnée de quoi payer ses classes de neige à mon gamin, alors, j'ai mis la pédale douce. Il riait, l'ignoble. J'ai emboîté. Je me suis mis à rire aussi. Ah ! ah ! ah ! Qu'est-ce qu'on rigole, qu'est-ce que c'est amusant. Ah, le bon tour qu'il m'a joué, le vieux farceur. Ah ! ah ! ah ! J'ai même piqué un bout de bidoche dans sa cocotte répugnante, avec un porte-plume, pour bien lui prouver que j'étais de tout cœur avec lui. C'était mauvais à en vomir, mais je me suis retenu. Je n'ai pas vomi. Je me suis fait tout humble et j'ai tâché de rembiner. J'ai dit que je me contenterais de modestes, de tout petits droits d'auteur. Pas dix pour cent, bien sûr. Cinq ça ira très bien. Même quatre. Rien ! Séraphin avait décidé de me donner rien. C'était à devenir dingue, cette explication avec un dingue. Séraphin était dingue. Je lui ai dit que je ne croyais pas à son histoire d'amis flics. Il m'a sorti son agenda, m'a montré les noms, les téléphones. On braillait si fort qu'une fille a émergé de son coma alcoolique. Comme elle se retrouvait avec, sur elle, seulement son bracelet et ses faux-cils, elle a tout de suite cru qu'on l'avait violée. Alors, elle a beuglé plus fort que nous. Elle m'a balancé une chaise dans les pattes. Le concierge est venu frapper à la porte. C'était un Toulousain qui criait avec cet accent d'opérette qu'ils ont dans le Sud. J'avais bu je ne sais plus combien de ginrhums trop chargés en gin. J'étais à cran. Angoissé comme ça ne m'arrive que tous les deux ou trois ans. J'ai commencé à déchirer des photos, à bouziller les verres des projecteurs. Séraphin a fait un geste en direction du téléphone pour « appeler la police, qu'elle vienne vous arrêter, toi et la putain que tu as amenée chez moi »! La putain, c'était la fille, qui ne comprenait rien à ce psychodrame. Toi, c'était moi. J'ai balancé en direction de mon éditeur la chaise que je venais de prendre dans les pattes. L'ordure s'est écroulée en hurlant parce qu'un peu d'huile chaude lui avait giclé dessus. Il était vautré sur la moquette, dégoulinant d'huile et de sueur. Plus dégoûtant encore que la viande qui bouillottait avec un bruit, une odeur sales. Que fait un homme normal quand il se retrouve avec un Séraphin à portée de talon ? Il l'écrase. Maladroit comme je le suis pour tout ce qui touche au sport et à ce qui y ressemble, j'ai écrasé de travers. Je lui ai abîmé le nez. Il s'est mis à saigner. Un sang de carnivore, d'un rouge trop rouge et sentant fort. Je me revois essuyant ma chaussure avec un chiffon blanc et soyeux. « Ma culotte ! ma culotte ! » a hurlé la fille. Comme elle voulait récupérer sa lingerie un peu trop vivement, je l'ai stoppée avec le dos de ma main. Encore un geste maladroit : elle est allée choir juste sur le réchaud. Je n'ai eu que le temps de l'envelopper avec l'édredon. Déjà ses cheveux commençaient à grésiller. C'est à ce moment que Mme Séraphin est entrée, en gaine-culotte, un sein dans chaque main, comme quand elle apparaissait sur fond de drapeaux en Madelon, en quatorze, au Mayol.

Son époux lui a crié de téléphoner vite à Police-Secours. J'ai dû la maîtriser elle aussi. Enfin... J'ai tenté de. L'ancienne girl m'a cueilli avec un sévère coup de genou au bas-ventre. Je suis tombé sur Séraphin. Séraphin qui m'a murmuré plus que dit : « D'accord pour deux pour cent. Mais rien sur les retirages. »

Comme quoi il faut être très ferme avec les éditeurs.

Pendant que Mme Séraphin aidait la fille à se remettre les esprits en place en la forçant à avaler cul-sec une grande tasse de gin-rhum, Séraphin m'a donné une toute petite somme. Puis on a mangé ce qui restait de bouts de viande sur fond de spaghetti trop cuits avec le concierge qu'il fallait apaiser à tout prix — à cause du boucan et de ses étrennes que Séraphin lui devait depuis six bons mois. Avant de passer dans sa chambre avec Mme Séraphin, notre cher éditeur nous a suggéré d'user de la fille, le photographe et moi. A l'en croire, elle était « à point ».

Elle était surtout très jeune et elle avait la peau d'une extrême délicatesse. Une pêche. Comme le photographe commençait à déboucler sa ceinture pour « lui faire sa fête en voyou », je lui ai balancé mon poing sur la glotte. Un truc qu'on m'avait appris quand je jouais les tueurs au cinéma. Ça ne tue pas. Mais ça empêche de respirer pendant un bon moment. J'ai rhabillé la fille. J'ai donné une bonne moitié de l'argent de Séraphin au chauffeur de taxi à qui j'ai demandé de la conduire doucement à l'adresse que j'avais trouvée dans son sac.

Et cette histoire me dégoûte.

— Mais avec la moitié de ça, Kate écrirait *Sound and Fury*.

— D'accord, Bill. Et elle aurait le Nobel.

Mon Paul Newman de La Coupole est un Bill comme la plupart des Américains. Le récit de mes déboires avec Séraphin l'a bien intéressé. Ou il a fait semblant. Mais alors, quel artiste !

Sympathique, ce Bill. Il m'a redonné le goût de boire et le goût des gros mots.

— Vous n'avez vraiment pas bu depuis cette séance chez le photographe ?

— Pas une goutte. Une fois la fille expédiée, je suis entré dans un bar à musique. Et au moment de commander un scotch, j'ai compris.

— Compris ?

— Compris que Dieu n'a pas créé l'homme pour qu'il fasse dans le porno ou pour qu'il écrive des slogans pour des savons qui ne moussent pas. Dieu est Amour, Bill.

— O.K... O.K.

Henry Miller se gratte. Une puce.

L'autre Henry Miller, Bill a failli le voir. Seulement failli.

— On était quelques garçons à l'Université qui avions lu tous ses bouquins. J'avais vingt ans et je connaissais les deux *Tropics* par cœur. Et ceci, qui est imprimé en tout petit à je ne sais plus quelle page de *Black Spring* : « *Pisser chaud et boire froid, parce que notre mère la Terre est au milieu, arrondie comme un œuf, et porte en elle toutes les bonnes choses, pareille à un rayon de miel.* » Je crois même que j'étais un peu amoureux de June. Bon. J'ai fini par acheter une moto énorme et j'ai mis le cap sur Pacific Palissades. Un coin admirablement perdu. J'ai fait les cinquantes derniers kilomètres en poussant ma grosse moto parce qu'on ne trouve rien dans ce désert. Rien et surtout pas un poste d'essence. J'ai bien cru que j'allais y rester. De temps en temps, je croisais un homme avec une pipe en maïs et un broc d'eau ou un carton de boîtes de conserves. Je lui demandais où se trouvait la maison de Miller et c'était toujours tout droit et huit ou dix kilomètres plus loin. Avec, là-dessus, une chaleur insupportable, un soleil de plomb. Quand je l'ai trouvée, la maison de Miller, elle était vide. Perdue et vide. Toutes les portes, toutes les fenêtres étaient ouvertes. Je me suis fait couler un bain. J'ai lu quelques journaux — français, japonais, anglais — à poil devant la maison en attendant d'être sec. Il y avait des journaux partout. Certains vieux de plus de dix ans. Puis j'ai été rôder dans la cuisine. Il y avait une boîte de fromage français, vide. Il y avait de la conserve de poisson dans le frigidaire. Du crabe aussi. Mais rien qui ressemble à du pain. J'ai mangé comme on communie, sûr que chaque miette de crabe renfermait une parcelle du génie de Miller. De Miller que je n'ai jamais vu parce que, le lendemain, il n'était toujours pas là et que je m'emmerdais à mourir. J'ai repris la route. Dès que j'ai pu, j'ai revendu la moto et je suis rentré à New York en stop. C'était très fatigant ce pèlerinage.

— Ça a agi, les miettes de crabe ?
— Non. Je suis toujours incapable de taper à la machine.

— Et le stylo ? Vous n'avez pas essayé le stylo ?

— Tant qu'il y aura des téléphones et Kate au bout de la ligne, je serai sauvé. Après...

— Vous n'êtes pas un véritable écrivain américain, Bill.

— Non, je ne suis pas un véritable écrivain américain.

Le froid de la nuit a eu raison des vapeurs du vin.

Et c'est tant mieux.

Ce qui est sans doute tant mieux aussi, c'est que je ne connaîtrai jamais l'époux-écrivain-juif-américain de Violette.

Je souhaite qu'elle ne soit pas éveillée, dans sa chambre, là-bas, avec une vilaine soif, de vilaines pensées ou de vilains tiraillements dans le ventre. C'est quelqu'un de très fragile.

Jamais je n'aurais dû la laisser aller dans cette clinique. Un enfant ne nous aurait pas tellement gênés. Il aurait peut-être même été amusant, affectueux, blond, frisé.

C'est sûrement parce que c'est la nuit et que nous avons très froid, Henry Miller et moi, mais je suis certain de comprendre enfin ce qu'est exactement un avortement. Quelque chose de lugubre. Et je ne pense pas seulement à l'aspect normal de la chose. Je pense à des cliniques, à des cabinets médicaux douteux, à des chambres ou salles de bains ignobles avec leurs volets fermés. A l'odeur du désinfectant. Je pense à des draps rêches, glacés, à des comprimés qui catapultent la patiente dans un potage dont elle croit qu'elle ne reviendra plus. A la douleur. Au sang.

Le ventre de Violette est rond et lisse comme un coquillage.

Le chauffeur de taxi veut être sûr que ce chat n'est pas un chien.

— Parce qu'on connaît la chanson. Un coup de croc dans le gras du cou et couic ! A la G 7, ils ont eu un chauffeur assassiné comme ça. Un chien dressé pour tuer les chauffeurs.

Je brandis Henry Miller sous le nez du chauffeur.

— C'est des oreilles de chien, ça ? C'est des moustaches de chien, ça ?

— Non. Vous me montrez que c'est un chat, je dis : c'est un chat. Et il s'appelle comment ce kiki ?

Le kiki se laisse manipuler sans même ouvrir un œil.

— Henry.
— C'est pas un nom de chat.
— Non. Mais il s'en fout.
— Et on va où ?
— Vous me laissez au carrefour des Gobelins.
— Ça fait une toute petite course.
— Je ne vais pas aller dormir à Marseille pour le plaisir de vous faire brûler de l'essence.
— Vous dormez où vous voulez. C'est pas mon

problème. Mais les Gobelins, c'est pas une course.

— D'accord. Vous allez vous faire foutre, vous et votre taxi de merde, et nous, on rentre à pied.

— Vous êtes un marrant !

— Non.

Je suis tout ce qu'on veut. Mais pas un marrant. Je suis un salaud qui a laissé Violette aller là-bas, je suis un vieux guignol qui croit qu'il suffit d'un jean crasseux et d'une queue-de-cheval pour faire un hippy, je suis un raté qui n'achètera jamais de machine à écrire même déglinguée, qui ne téléphonera même jamais dix phrases possibles à une Kate, une June ou une Dorothy, un clown qui...

Le taxi est loin. A mille bornes d'ici. Et ici c'est le no man's land qui sépare Montparnasse du vrai monde des vrais travailleurs qui dorment déjà depuis longtemps d'un vrai sommeil.

Et une fois de plus, je trotte dans la nuit. Et je n'ai plus qu'une preuve que je suis vivant : le bruit de mes pas sur le trottoir. Mais cette fois, je sais où je vais. Et il y a Henry Miller qui pèse son poids dans le ventre de mon blouson. Tant pis si j'ai l'air d'un kangourou. Tant pis pour tout ce qui n'est pas mon rendez-vous de demain.

Un homme dort sur un banc boulevard de Port-Royal. Je glisse un de mes derniers billets de dix francs dans une de ses poches en prenant bien garde de ne pas le tirer de son rêve. Sous une porte cochère, un jeune homme embrasse sur les lèvres un autre jeune homme. Ils sont sympathiques ces garçons. Surtout le militaire. C'est un sergent. Un homme et une femme sont arrêtés devant la gare de Port-Royal. L'homme tient le sac à main de la femme pour qu'elle puisse vomir plus commodément. Elle vomit avec élégance. Où la princesse Grace et ses semblables apprennent-elles à vomir avec une telle distinction ?

Quand je sonne à la porte de la Princesse — notre Princesse à nous — cette question m'est sortie de la tête. J'en ai tant d'autres à lui poser. C'est elle qui m'a présenté Violette après tout.

Violette, je t'aime.   6.

Je sonne et on m'ouvre.

Je savais qu'on m'ouvrirait. A cette heure-ci, la Princesse est toujours rentrée mais jamais couchée. Après danser, il faut écouter du Chopin, du Chopin pas dansant, sans larghetto, sans envolées, du Chopin à déguster pieds nus dans une cuvette d'eau glacée, jambes écartées, le regard vide, le muscle relâché.

Ce que je ne savais pas, c'est que c'est un garçon qui m'ouvrirait. Un garçon souriant.

— Bonsoir.

— Bonsoir. Jeanne est là ?

— Oui. Oh ! Qu'est-ce que c'est ça ? Une patte de lapin ?

— De chat. Mais il n'y en a que deux autres.

— Pauvre fille ! C'est de naissance ou un accident ?

— Sûrement une bagarre. Peut-être les crocs d'un chien. Et c'est un mâle.

La Princesse somnole les pieds dans son eau.

— Bonsoir.

— Bonsoir, Peppo. Tu connais James ?

— James ?

— Sa mère est anglaise.

La cravate du garçon, sa veste, sont pendues sur la barre. Là où, moi aussi... Il a vingt bonnes années de moins que moi.

— Vous travaillez ensemble ?

— Oui.

Comme je le sors de mon blouson pour le poser sur un pouf, Henry Miller me crache au nez. Puis il s'engouffre dans la kitchenette. La Princesse se dresse dans sa cuvette.

— Le poulet !

— Il ne reste que la carcasse. Si ça l'amuse de grignoter...

Il a du cœur, ce James. Je les rassure sur le sort de leur volaille.

— Il a très bien dîné. A La Coupole. Un merlan plus gros que lui.

James se laisse choir sur le lit. Il a dit tout ce qu'il avait à dire.

Silencieuse, elle aussi, la Princesse a la mine de quelqu'un qui savoure. Savoure quoi ? Son bain de pieds ou le bonheur d'avoir mis le grappin sur cette petite merveille au ventre plat ?

On dirait que voilà notre Jeanne enfin casée. Tant mieux. Je n'étais pas bon pour elle. Ou alors bon comme le chien l'est pour le gibier. C'est sûrement la dernière fois que je la vois.

— Tu as quelque chose à boire ?
— Du lait, dans la kitchenette.

Je n'ai pas soif. Mais tellement moins envie encore de rester planté là avec ces tourtereaux.

Toujours aussi sinistre la cuisine. Une cuisine dans laquelle personne ne mitonne de bons plats. Une cuisine juste pour le café, un grog en cas de grippe, les conserves qu'on réchauffe à la hâte. Avec, quand même, pour faire drôle, Henry Miller qui s'est endormi sur la carcasse du poulet. Un poulet acheté tout cuit à la Ferme Royale. On connaît.

J'ai passé des nuits entières dans cette cuisine. Les trois seuls mètres carrés de l'antre de la Princesse où je n'avais pas l'impression d'être en visite.

Ma mère est morte en croyant que la Princesse était une vraie Princesse.

Le dernier, un des rares plaisirs que je lui aurai fait. Elle savait que je n'avais plus de métier, que je ne voyais plus Lucienne, plus mon fils. Clouée dans son lit par une maladie pas trop préoccupante, elle consacrait la totalité de son temps — elle ne dormait qu'une ou deux heures par-ci par-là — à dicter des lettres anonymes à une voisine qui ne les expédiait pas et à « se faire un sang d'encre pour moi ». Mon père était mort ruiné. C'était dur pour elle. Trois jours avant qu'elle s'éteigne, après une longue confession au cours de laquelle il ne fut absolument pas question de ses fameuses lettres, je lui fis part de ma liaison avec une Princesse. « Italienne ? » — « Russe, maman. Une Princesse russe. » — « Russe, c'est très bien aussi. Il faut que tu te conduises avec elle comme un gentleman. Il va falloir que tu me l'amènes... Et je vais lui faire dès maintenant un petit cadeau... Prends quelque chose sur la cheminée... Ce qu'il y a de plus beau. » Sur la cheminée, il y avait de la poussière et des bibelots. Des cadeaux de mon père à ma mère. Quand il rentrait, après une cuite plus carabinée que les autres, il avait toujours un présent dans l'une de ses poches.

Une bague, un mouchoir brodé, une jolie boîte. Parfois rien qu'un verre ou un cendrier, souvenir du bar où il avait bu le coup de l'étrier. Nous avions bien une centaine de cendriers différents à la maison. Dont l'un de l'hôtel Santa Dolorès à La Plata et un autre qui vantait en chinois les mérites d'une boisson chinoise. Celui-là, je l'ai cassé l'année de mes sept ans et mon père ne me l'a jamais pardonné. Il ne m'a pas pardonné non plus de ne pas être devenu une vedette. Ce que j'ai pu le décevoir ! Le premier film où je disais trois mots, il est allé le voir deux soirs de suite. Avec maman. Ils ont cru que j'allais devenir un Jean Marais ou un Jean-Pierre Aumont. Leurs deux acteurs préférés.

Et ça ne s'est pas fait.

Et maman est morte. Et je ne me suis pas conduit comme un gentleman avec ma Princesse... Et la voici qui pénètre dans la kitchenette.

— Tu ne m'as pas dit que tu le trouvais beau.

— Je le trouve beau. Mais... je ne savais pas que j'étais censé faire son panégyrique...

— Il m'emmène en Angleterre le mois prochain. Si tu cherches un studio, celui-ci est à vendre.

— Je ne cherche pas de studio. Tu te souviens de la fille qui te montrait comment te faire les yeux la dernière fois que je suis venu ici ?

— Violette ?

— Je vis chez elle depuis ce soir-là.

— C'est pas vrai : tu es devenu végétarien ?

— Tu la connais d'où ?

— Elle était plus ou moins fiancée à un garçon qui dansait avec nous au Récamier. Tu l'as connu. Jo. Un soir on a mangé des glaces ensemble. Au coin de la rue de Babylone. Tu sais, ces glaces à tous les parfums. Elle a écrit un livre, Violette. Un livre qui ne s'est pas vendu. Elle a des yeux bleus. Très clairs.

— Avec une petite lumière qui tourne.

— Elle était venue pour me demander des clientes. Elle voulait se lancer dans le tricot... Tu l'aimes ?

— Oui.
— Je suppose que tu vas lui dédier le premier des innombrables volumes de tes œuvres complètes.
— Il n'y aura pas d'œuvres complètes, Jeanne.
— C'est pour me dire ça que tu es venu ?
— C'est parce que je n'aurais pas pu dormir. Violette est dans une clinique.
— Une histoire de bébé ?
— Oui.
— Tu l'aimes plus que tu ne m'aimais ?
— Ça te fâche ?
— Non.

La Princesse pose un baiser sur mes lèvres. Elle a la bouche très fraîche.

Je n'ai plus qu'à récupérer mon chat, qu'à le dégraisser avec un kleenex et à filer.

Henry Miller déteste qu'on le dégraisse.

6

Il n'y a pas de Puces à la Porte de Vanves ce matin. Max, que j'ai retrouvé dormant en compagnie du fils de la chatte Violette, n'est pas rasé. Ça lui fait des joues bleues.

— Tu as l'air de Mitchum dans ce film où il prenait une raclée phénoménale.

— Il est bien, Mitchum. Mais pas autant que Lee Marvin. Pour moi, Lee Marvin, c'est le meilleur.

— Et Cranach? Tu en penses quoi, de Cranach?

— Si ses peintures lui ressemblent... Jamais vu un type aussi compliqué. Il a absolument tenu à me réciter des poèmes en allemand. Il est juif ou quoi?

— Si un Allemand fait de la musique, il n'est pas juif. Mais si un Allemand fait de la peinture... Tu ne veux vraiment pas te raser?

— Je ferai ça chez moi. Vous en avez combien en tout, des chats?

— Un de plus depuis cette nuit. Celui à qui il manque une patte. Tu sais ce qu'on va faire avec

ta bagnole de grand chef ? On va faire un crochet.
— Si ça ne nous met pas en retard.
— On se dépêchera. J'ai une pile de bouquins à aller chercher. Un héritage.

Lucienne ne s'attendait pas à me voir de si bon matin. Lucienne ne s'attendait pas à me voir du tout. Quand elle a ouvert la porte, en robe de chambre cerise, une cafetière à la main et quelques années de moins que la dernière fois que je l'avais vue, elle croyait que c'était le courrier.

— Je croyais que c'était le courrier.
Le café était pour Charles.
Parce qu'il y avait un Charles. Pas le genre d'homme à se trimbaler avec une queue-de-cheval derrière la tête. Mais des pattes, tout de même. Et robuste. Quatre-vingt-dix kilos de muscle, à vue d'œil. Et sûr de lui. C'est lui qui a pensé tout de suite à la troisième tasse. « Vous prendrez bien un petit café, non ? » — « Non. Merci. Je ne bois plus de café. » — « Plus de café ! Tu en buvais des dix, douze tasses par jour. » — « Je me suis mis au thé, Lucienne. » Du thé ? Il y avait bien du thé dans la maison. Peut-être une infusette dans le tiroir de la table de la cuisine. Je dérangeais. « Absolument pas. Absolument pas. Et il fallait bien que nous finissions par faire connaissance un jour. » Le fallait-il vraiment ? J'en étais moins sûr que Charles. Charles Bom-

171

bois, directeur commercial. Il a même tenu à me donner le nom de la boîte. « Une société française mais à injection de capitaux américains, si vous voyez ce que je veux dire. » Je ne voyais pas. Je ne voyais que ce colosse aux joues roses assis dans le fauteuil de Mamie Mona. « Une Gitane ? » — « Je fume des blondes. » Charles a un briquet électronique. Le dernier modèle. Et une montre à quartz. Japonaise, la montre.

Je vois par la fenêtre que les gratte-ciel, de l'autre côté de la Seine, ont encore grandi.

« Et ni vous ni moi n'y pouvons rien, cher Monsieur. » Lucienne pense que nous devrions nous dire Charles et Peppo. Elle trouve « monsieur » ridicule. Et Filou, Philippe, mon fils, que devient-il ? Il paraît qu'il parle de s'acheter une voiture. Ah ! Il va quitter l'école aussi. Charles va le prendre avec lui dans sa société. Charles peut, si ça lui chante, balancer dix personnes et en embaucher dix autres. Charles va deux fois par mois en Allemagne. En avion. Et Lucienne est bien inquiète. Avec ces fous qui sèment la terreur dans les aéroports. Charles, lui, n'a pas peur. Charles. Charles. Charles !

— Je suppose que Filou a bazardé tous mes disques.

— Pas tous.

Dans sa chambre, où crèvent d'ennui des douzaines de bestiaux en peluche, je retrouve quelques Joss White. Un Woody Guthrie :

Ce train emmène pas de fumeurs,
De menteurs ni de baratineurs.
Ce train est en route pour la gloire.

Les bouquins sur les insectes pèsent une tonne. L'escalier est toujours bien raide. C'est toujours la vieille Mme Parpain qui espionne derrière le rideau de la loge. MARCENAC FRUITS ET PRIMEURS est toujours fidèle au poste. C'est son fils en réalité. Mais l'illusion est parfaite.

Max n'est pas dans sa voiture garée en double file.

Je le retrouve au comptoir du CAFÉ DU TIERCÉ. Il boit sa première bière de la journée en malmenant un flipper.

Max a marqué cinq mille deux cents points. Un score plus qu'honnête, à l'en croire.

— On va finir par être en retard. J'ai cru qu'elle t'avait embobiné pour que tu restes.

— Je suis encore plus impatient que toi. Mais la clinique n'ouvre que dans trois quarts d'heure.

— Alors, ton épouse ?

— Quoi « mon épouse » ?

— Je ne sais pas... Ça doit faire bizarre de se voir tous les trente-six du mois.

— J'ai surtout vu Charles.

— Charles ?

— Un type très bien. Très grosse situation. Montre à quartz.

— Et alors ?

— Et alors rien. Quand ils se regardent, Lucienne et lui, ils ont de bons yeux.

Dieu est amour, Max.

— Toi, tu gamberges de trop. Ça ne m'étonne pas que tu sois copain avec ton Cranach.

— Je parie que tu n'as pas pensé un seul instant à téléphoner au coquin à ta femme pour qu'il aille la chercher à ta place ce matin ?

— Si. J'y ai pensé.

— Et alors ?

— Gaby couche avec ce type. C'est un fait. Mais Gaby est attachée à moi.

Je paie la bière de Max au garçon qui se demande où il a déjà vu ma tête. A ce même comptoir. Mais je n'avais pas encore l'air d'un vieil évadé de Greenwich Village. Je venais boire un crème de plus, vite fait, avant d'aller en ville pour y gagner beaucoup, beaucoup d'argent.

Les rues sont désertes. Max atteint allègrement le cent dix.

Il aurait dû se raser pour retrouver sa Gaby.

Un des innombrables bavards que j'ai croisés passait sa vie à répéter qu'on ne baigne pas deux fois dans la même eau. Un barman qui avait lu Héraclite.

Est-ce qu'on refait deux fois le même chemin qui mène de la Porte de Vanves au Petit Clamart ?

Ce n'est plus une Violette qui conduit mais un Max.

Je ne suis plus inquiet.

Il ne fait plus froid et beau. De petites gouttes de pluie s'écrasent sur la vitre avant.

Max fait chorus avec le Sinatra de son mange-disque.

J'ai sommeil.

Comme Violette sera sûrement très fatiguée, nous ferons un grand somme cet après-midi.

— Va-t-elle aimer Henry Miller ?

Je l'ai laissé roulé en boule sur une serviette éponge dans la salle de bains. Un chat qui a flanché devant une carcasse de poulet a-t-il des regrets ?

Et si Violette disait non ? Si Violette me déclarait qu'elle veut bien de moi mais pas pour toujours ?

Je ferme les yeux... Si la première personne que je vois en les rouvrant est une femme, ça sera mauvais signe. J'ai peur.

C'est un couple !

Fifty-fifty.

Ou alors c'est que la journée est aux couples.

Appuie sur le champignon, Max ! Violette m'attend. Dès demain, je téléphone aux types qui peuvent me brancher sur des affaires dans le genre paroles de chansons. Je téléphone à cette tante qui m'a proposé cent fois de mettre des vers, si possible « cool », sur les petits airs à quatre temps qu'il compose. Je téléphone à Eddy, à Javanava qui connaît Dalida, à Benjy même. On pourrait faire des chansons, Benjy et moi. Idéal, les chansons. Personne ne connaît le nom de l'auteur. Ni vu ni connu. Et l'auteur touche un paquet de la Sacem deux fois l'an. En janvier, en juillet, un chèque. A domicile. Pas méchant comme gagne-pain. Ne fait de tort à personne. Avec un peu de chance, il y aura sur le lot une chanson qui se chantera, que des orchestres pop, musettes, rétro, symphoniques, sud-américains, cosaques, de chambre, folklo, joueront dans les bals des samedis soir. Le Pérou ! Même à cinq centimes la valse. Tous les bals du samedi en même temps. Musique d'Eddy, Benjy, Javanava, de Mick — qui était à La Coupole cette nuit avec son anneau d'or à l'oreille — et paroles de Peppo Zeffirini.

Et si les musiciens gagne-peu du samedi n'y suffisent pas, on monte un orchestre. Au piano, Benjy, au saxo, Cranach. Vocals : Lucienne, la Princesse, Stéphanie, les amies de Stéphanie.

Et à la guimbarde, Peppo !

Monsieur Caribu a sûrement une guimbarde dans ses réserves. Les quinze volumes reliés de Fabre sur les insectes — legs de ma belle-mère qui ne m'a jamais pris au sérieux — contre une gimbarde ! Marché conclu. Et, pendant dix ou vingt ans, je les verrai dans la vitrine de Monsieur Caribu, ces bon sang de bouquins. A côté du portrait de Victor Hugo « signé ».

Il y a d'autres boulots encore. Il n'y a pas que la chanson. Je peux redevenir rédacteur de ballons de bandes dessinées, nègre de journalistes, inventer des questions vicieuses pour des jeux radiophoniques — j'ai vécu de ça pendant près d'un an. Ces questions, Jésus ! Quelle rivière d'Europe coule *dans les deux sens* ? Dans quel film trouve-t-on un pain en forme de cœur ? Quelle pièce allait voir Abraham Lincoln le soir où il a été assassiné ? Qui a assassiné Lincoln ? Qui a assassiné Kennedy ? Qui a assassiné l'autre Kennedy ? Qui a inventé Félix le Chat ? Qui a inventé Krazy Cat ? Qui a inventé Fritz le Chat ? Et Cicero Cat ? Et Patolait ? Et Criquibi ?

Peut-on mettre une jambe de bois à un chat ?

Autres possibilités : vendre des chats, démarcher pour que Violette puisse écouler ses tricots, me faire embaucher par Max...

— Tu m'embaucherais pour te trouver des clients pour tes télés ?

— Tu n'es pas représentant.

— On s'en fiche. Tu m'expliques bien tout et quand je te trouve un client, tu me donnes une commission.

— Tu sais combien il faudrait que tu places de télés par semaine pour que ça devienne rentable ?

— Je ne veux pas devenir milliardaire, Max. Simplement gagner de quoi vivre bien avec Violette. L'idée, la seule idée raisonnable, c'est de travailler en fonction de ses vrais besoins et pas plus.

— Les amateurs, tu sais... Et puis cette coiffure. Tu en vois beaucoup, des gens capables de signer un contrat de location à un type coiffé comme une Indienne ?

Que Max aille se faire foutre et tous les gens incapables de faire abstraction de la longueur de mes poils aussi. Je ne veux pas réinventer le commerce et redevenir un gros payeur d'impôts, Ducon ! Je cherche le moyen de gagner de quoi me la couler douce avec Violette. Je ne rêve pas à une montre à quartz. Je voudrais seulement...

C'est Max qui me relance.

— Hippy, c'est plus de nos âges. En plus, le type qui veut vraiment essayer ce genre de vie-là, sans travailler comme tout le monde, sans faire tout ce qu'il faut faire parce que c'est comme ça et pas autrement, il a intérêt à aller faire ça à la cambrousse. Et j'ai bien dit : le type qui veut *essayer*.

Celle-là, je la connais. Une tirade classique : « Allez faire ça ailleurs, ne restez pas dans nos pattes, vous gênez. » Le drame c'est que moi, la campagne, je ne suis pas fanatique. C'est beau dans les films. Et encore. Il me faut Paris avec ses rues. Mon père trouvait Paris rassurant parce que la lune d'ici est la même que celle de Milan. La lune des campagnes a un côté Giono bien ridicule. C'est la même que celle que Marie-Antoinette avait fait peindre au plafond de Trianon pour faire passer à ses brebis leurs idées de cavale. Tant pis pour les Max, nous allons nous arranger, Violette et moi, une vie exemplaire impasse Neuritron. Et il y aura encore des citoyens du quartier des Gobelins pour parler de nous dans cent ans ! Pour en parler mieux que si nous étions devenus des écrivains.

Je regarde Max. Le profil de Max. Je parierais que, ses bottes, il finira par y renoncer.

Dans un petit quart d'heure, il va récupérer sa Gaby et quelque chose me dit que cette chérie et lui vont faire la paix. C'est réglé comme du papier à musique : cette nuit, dans le silence de la clinique du docteur Nageoire, elle a pesé le pour et le contre. Et le pour, pour Gaby qui a eu tellement soif de tendresse cette nuit, c'est Max. Bien sûr, bien sûr. Cet amant qui ne saura jamais qu'il lui a fait un enfant disait Gabrielle et pas Gaby, bien sûr. Il était beau. Bien sûr. Mais c'est avec Max qu'elle a meublé petit à petit, amoureusement, l'appartement, choisi le tissu des doubles rideaux, la petite table à roulettes pour passer les apéritifs et les peanuts salés. Avec Max qu'elle achètera un frigo assez vaste pour contenir cent mille canettes de bière. Avec Max qu'elle va faire, très vite, un voyage de convalescence... Paris-La Côte d'une traite et, après, Nice, Saint-Paul, Antibes, les bons restaurants...

Je regarde Max. Je crois que, tout bien pesé, je l'aime bien, ce cow-boy qui loue des télés.

— On aura quand même eu une sacrée trouille. Tu ne crois pas, Max ?

— Ça... Tu crois qu'on se reverra ?
— Pourquoi pas ?
— Si Gaby se dévoue un de ces soirs pour une bonne paella, je te téléphone chez ton copain Cranach.

A mon avis, Gaby se dévouera. Mais, au dernier moment, j'expédierai un pneumatique pour nous excuser Violette et moi. Les paellas avec Max et Gaby ne font pas partie de mes projets.

— On vous fera une paella sans poulet, sans moules. Une paella végétarienne. O.K. ?
— O.K. Max.

Nous sommes passés devant LA CHÈVRE GOURMANDE. Voici la clinique. L'arbrisseau des tropiques est toujours aussi insolent. Il aime la pluie, ce voyou.

Il y a une voiture minuscule devant l'entrée. On jurerait un jouet. Sûrement la voiture du docteur Nageoire. Max va garer la sienne derrière celle de Stéphanie. Je n'ai pas la patience d'attendre qu'il ait fini de manœuvrer.

Violette est dans le hall.

Du plus loin qu'elle me voit, elle me sourit. Elle a son chat en plâtre peint sous le bras. Son sourire est un petit sourire. Un sourire de gosse malade.

Pauvre Violette.

J'avance vers elle à petits pas. J'ai presque autant besoin de la voir que de la sentir contre moi.

Je ne me souvenais pas qu'elle était si belle.

Il y a bien cette coupe de cheveux loupée... Mais, les cheveux, ça repousse.

Je suis certain que c'est oui. Que Violette est d'accord pour une longue, longue histoire avec moi.

— C'est oui, n'est-ce pas ?

Violette ne répond pas à ma question. Violette pose sa main sur ma poitrine. Sa petite main aux ongles coupés net. Elle me regarde.

A l'entrée, une infirmière est en train d'expliquer à Max que sa femme est déjà partie, qu'un monsieur est venu la chercher. En taxi.

DU MÊME AUTEUR

Théâtre :

GUERRE ET PAIX AU CAFÉ SNEFFLE (prix Lugné-Poe, prix « U » 1969) *(Gallimard).*

AU BAL DES CHIENS *(Gallimard).*

MADAME (Paris-Théâtre).

LUNDI, MONSIEUR, VOUS SEREZ RICHE (Paris-Théâtre).

LA NUIT DES DAUPHINS *(Gallimard).*

UN ROI QU'A DES MALHEURS *(L'Avant-Scène)* (prix Courteline).

LE DIVAN *(L'Avant-Scène).*

GRAND-PÈRE *(L'Avant-Scène).*

Romans :

LE BÉRET À GROUCHO *(La Table Ronde).*

REVIENS, SULAMITE *(La Table Ronde).*

AU BONHEUR DES CHIENS *(Ramsay/RTL Éditions et Folio/Gallimard).*

POUR L'AMOUR DE FINETTE *(Ramsay/RTL Éditions et Folio/Gallimard).*

PAPA EST PARTI MAMAN AUSSI *(Ramsay/RTL Éditions).*

Essais :

LES GROS MOTS (Grand Prix de l'Académie de l'Humour 1973) *(Julliard).*

DÉPÊCHONS-NOUS POUR LES BONNES CHOSES *(Tchou).*

COLLECTION FOLIO

Dernières parutions

1635. Ed McBain — *Les sentinelles.*
1636. Reiser — *Les copines.*
1637. Jacqueline Dana — *Tota Rosa.*
1638. Monique Lange — *Les poissons-chats. Les platanes.*
1639. Leonardo Sciascia — *Les oncles de Sicile.*
1640. Gobineau — *Mademoiselle Irnois, Adélaïde et autres nouvelles.*
1641. Philippe Diolé — *L'okapi.*
1642. Iris Murdoch — *Sous le filet.*
1643. Serge Gainsbourg — *Evguénie Sokolov.*
1644. Paul Scarron — *Le Roman comique.*
1645. Philippe Labro — *Des bateaux dans la nuit.*
1646. Marie-Gisèle Landes-Fuss — *Une baraque rouge et moche comme tout, à Venice, Amérique...*
1647. Charles Dickens — *Temps difficiles.*
1648. Nicolas Bréhal — *Les étangs de Woodfield.*
1649. Mario Vargas Llosa — *La tante Julia et le scribouillard.*
1650. Iris Murdoch — *Les cloches.*
1651. Hérodote — *L'Enquête, Livres I à IV.*
1652. Anne Philipe — *Les résonances de l'amour.*
1653. Boileau-Narcejac — *Les visages de l'ombre.*
1654. Émile Zola — *La Joie de vivre.*
1655. Catherine Hermary-Vieille — *La Marquise des Ombres.*
1656. G. K. Chesterton — *La sagesse du Père Brown.*
1657. Françoise Sagan — *Avec mon meilleur souvenir.*

1658.	Michel Audiard	*Le petit cheval de retour.*
1659.	Pierre Magnan	*La maison assassinée.*
1660.	Joseph Conrad	*La rescousse.*
1661.	William Faulkner	*Le hameau.*
1662.	Boileau-Narcejac	*Maléfices.*
1663.	Jaroslav Hašek	*Nouvelles aventures du Brave Soldat Chvéïk.*
1664.	Henri Vincenot	*Les voyages du professeur Lorgnon.*
1665.	Yann Queffélec	*Le charme noir.*
1666.	Zoé Oldenbourg	*La Joie-Souffrance,* tome I.
1667.	Zoé Oldenbourg	*La Joie-Souffrance,* tome II.
1668.	Vassilis Vassilikos	*Les photographies.*
1669.	Honoré de Balzac	*Les Employés.*
1670.	J. M. G. Le Clézio	*Désert.*
1671.	Jules Romains	*Lucienne. Le dieu des corps. Quand le navire...*
1672.	Viviane Forrester	*Ainsi des exilés.*
1673.	Claude Mauriac	*Le dîner en ville.*
1674.	Maurice Rheims	*Le Saint Office.*
1675.	Catherine Rihoit	*La Favorite.*
1676.	William Shakespeare	*Roméo et Juliette. Macbeth.*
1677.	Jean Vautrin	*Billy-ze-Kick.*
1678.	Romain Gary	*Le grand vestiaire.*
1679.	Philip Roth	*Quand elle était gentille.*
1680.	Jean Anouilh	*La culotte.*
1681.	J.-K. Huysmans	*Là-Bas.*
1682.	Jean Orieux	*L'aigle de fer.*
1683.	Jean Dutourd	*L'âme sensible.*
1684.	Nathalie Sarraute	*Enfance.*
1685.	Erskine Caldwell	*Un patelin nommé Estherville.*
1686.	Rachid Boudjedra	*L'escargot entêté.*
1687.	John Updike	*Épouse-moi.*
1688.	Molière	*L'École des maris. L'École des femmes. La Critique de l'École des femmes. L'Impromptu de Versailles.*
1689.	Reiser	*Gros dégueulasse.*
1690.	Jack Kerouac	*Les Souterrains.*
1691.	Pierre Mac Orlan	*Chronique des jours désespérés,* suivi de *Les voisins.*
1695.	Anna Seghers	*La septième croix.*

1696.	René Barjavel	*La tempête.*
1697.	Daniel Boulanger	*Table d'hôte.*
1698.	Jocelyne François	*Les Amantes.*
1699.	Marguerite Duras	*Dix heures et demie du soir en été.*
1700.	Claude Roy	*Permis de séjour 1977-1982.*
1701.	James M. Cain	*Au-delà du déshonneur.*
1702.	Milan Kundera	*Risibles amours.*
1703.	Voltaire	*Lettres philosophiques.*
1704.	Pierre Bourgeade	*Les Serpents.*
1705.	Bertrand Poirot-Delpech	*L'été 36.*
1706.	André Stil	*Romansonge.*
1707.	Michel Tournier	*Gilles & Jeanne.*
1708.	Anthony West	*Héritage.*
1709.	Claude Brami	*La danse d'amour du vieux corbeau.*
1710.	Reiser	*Vive les vacances.*
1711.	Guy de Maupassant	*Le Horla.*
1712.	Jacques de Bourbon Busset	*Le Lion bat la campagne.*
1713.	René Depestre	*Alléluia pour une femme-jardin.*
1714.	Henry Miller	*Le cauchemar climatisé.*
1715.	Albert Memmi	*Le Scorpion ou La confession imaginaire.*
1716.	Peter Handke	*La courte lettre pour un long adieu.*
1717.	René Fallet	*Le braconnier de Dieu.*
1718.	Théophile Gautier	*Le Roman de la momie.*
1719.	Henri Vincenot	*L'œuvre de chair.*
1720.	Michel Déon	*« Je vous écris d'Italie... »*
1721.	Artur London	*L'aveu.*
1722.	Annie Ernaux	*La place.*
1723.	Boileau-Narcejac	*L'ingénieur aimait trop les chiffres.*
1724.	Marcel Aymé	*Les tiroirs de l'inconnu.*
1725.	Hervé Guibert	*Des aveugles.*
1726.	Tom Sharpe	*La route sanglante du jardinier Blott.*
1727.	Charles Baudelaire	*Fusées. Mon cœur mis à nu. La Belgique déshabillée.*

1728. Driss Chraïbi — *Le passé simple.*
1729. R. Boleslavski et H. Woodward — *Les lanciers.*
1730. Pascal Lainé — *Jeanne du bon plaisir.*
1731. Marilène Clément — *La fleur de lotus.*
1733. Alfred de Vigny — *Stello. Daphné.*
1734. Dominique Bona — *Argentina.*
1735. Jean d'Ormesson — *Dieu, sa vie, son œuvre.*
1736. Elsa Morante — *Aracoeli.*
1737. Marie Susini — *Je m'appelle Anna Livia.*
1738. William Kuhns — *Le clan.*
1739. Rétif de la Bretonne — *Les Nuits de Paris ou le Spectateur-nocturne.*
1740. Albert Cohen — *Les Valeureux.*
1741. Paul Morand — *Fin de siècle.*
1742. Alejo Carpentier — *La harpe et l'ombre.*
1743. Boileau-Narcejac — *Manigances.*
1744. Marc Cholodenko — *Histoire de Vivant Lanon.*
1745. Roald Dahl — *Mon oncle Oswald.*
1746. Émile Zola — *Le Rêve.*
1747. Jean Hamburger — *Le Journal d'Harvey.*
1748. Chester Himes — *La troisième génération.*

*Impression Bussière à Saint-Amand (Cher),
le 4 juin 1986.
Dépôt légal : juin 1986.
Numéro d'imprimeur : 973.*

ISBN 2-07-037749-0./Imprimé en France.

37622